我有蒲草

WO YOU PU CAO

王加婷◎著

GUANGXI NORMAL UNIVERSITY PRESS
广西师范大学出版社
·桂林·

图书在版编目（CIP）数据

我有蒲草 / 王加婷著. —桂林：广西师范大学出版社，2019.8
（雅活书系）
ISBN 978-7-5598-1881-2

Ⅰ. ①我… Ⅱ. ①王… Ⅲ. ①散文集—中国—当代
Ⅳ. ①I267

中国版本图书馆 CIP 数据核字（2019）第 112998 号

广西师范大学出版社出版发行
（广西桂林市五里店路 9 号 邮政编码：541004
网址：http://www.bbtpress.com）
出版人：张艺兵
全国新华书店经销
广西昭泰子隆彩印有限责任公司印刷
（南宁市友爱南路 39 号 邮政编码：530000）
开本：889 mm ×1 194 mm 1/32
印张：6.5 字数：100 千字
2019 年 8 月第 1 版 2019 年 8 月第 1 次印刷
印数：0 001~5 000 册 定价：48.00 元

总序

周华诚

“雅活书系”陆陆续续出来了，受到不少读者的欢迎，编辑约我写一篇总序，我遂想起当初策划此书系的缘由。入夜，又细细翻阅书架上“雅活书系”已出的20余种书，梳理并列出将出的近10种书的书名，不由心潮起伏，感慨系之，于是记下我的片断感受。

“雅活”这个概念，并非现在才有，中国实古已有之。举凡衣食住行、生活起居、谈琴说艺、访亲会友、花鸟虫鱼、劳作娱乐，这日常生活里的一切，古人都可以悠然有致地去完成。譬如，我们翻阅古书，可见到古人有“九雅”：曰焚香，曰品茗，曰听雨，曰赏雪，曰候月，曰酌酒，曰莳花，曰寻幽，曰抚琴；又见古人有“四艺”：品香、斗茶、挂画、插花。想想看，“雅活”

的因子，覆盖了日常生活的方方面面；也可以说，“审美”这个东西，已渗入中国人的精神血液里头。

明人陈继儒在《幽远集》中说：

香令人幽，酒令人远，石令人隽，琴令人寂，茶令人爽，竹令人冷，月令人孤，棋令人闲，杖令人轻，水令人空，雪令人旷，剑令人悲，蒲团令人枯，美人令人怜，僧令人淡，花令人韵，金石鼎彝令人古。

这样一些生活的风致，似乎已离时下的我们十分遥远。随着社会节奏的加快，人们匆促前行，常常忽略了那些诗意、美好而无用的东西。

美的东西，往往是“无用”的。

然而，它真的“无用”么？

几年前，我离开从事多年的媒体工作，回到家乡，与父亲一起耕种三亩水稻田，这一过程让我获益良多。那时我已强烈地感受到，城市里很多人每日都在奔波，少有人能把脚步慢下来，去感受一下日常生活之美，去想一想生活究竟应当是什么样子。

山静似太古，日长如小年。

余花犹可醉，好鸟不妨眠。

世味门常掩，时光簟已便。

梦中频得句，拈笔又忘筌。

当我重新回到乡村，回到稻田中间，开始一种晴耕雨读的生活时，我真切地体会到内心的许多变化。我也开始体悟到唐庚这首《醉眠》中的“缓慢”意味。我在春天里插秧，在秋天里收割，与草木昆虫在一起，这使我的生活节奏逐渐地慢了下来。城市里的朋友们带着孩子，来和我一起下田劳作，插秧或收获，我们得到了许多快乐，同时也获得了内心的宁静。

我们很多人，每天生活在喧嚣的世界里，忙碌地生活和工作，停不下奔忙的脚步。而其实，生活是应该有些许闲情逸致的。那些闲情雅致或诗意美好，正是文艺的功用。

钱穆先生说：“一个名厨，烹调了一味菜，不至于使你不能尝。一幅名画，一支名曲，却有时能使人莫名其妙地欣赏不到它的好处。它可以另有一天地，另有一境界，鼓舞你的精神，诱导你的心灵，愈走愈深入，愈升愈超卓。你的心神不能领会到这里，这是你生命之一种缺憾。”

他继而说道：“人类在谋生之上应该有一种爱美的生活，否则只算是他生命之夭折。”

这，或许可以算是“雅活书系”最初的由来吧。

“雅活书系”，是一套试图将生活与文艺相融合的丛书。它有一句口号：“有生活的文艺，有文艺的生活。”在我们看来，文艺只是生活方式的一种。文艺与生活，本密不可分。若仅有文艺没有生活，那个文艺是死的；而若仅有生活，没有文艺，那个生活是枯的。

“雅活书系”便是这样，希望文艺与生活相结合，并且通过一点一滴、身体力行，来把生活的美学传达给更多人。

钱穆先生所说的“爱美的生活”，即是“文艺的生活”。下雪了，张岱穿着毛皮衣，带着火炉，坐船去湖心亭看雪。一夜大雪，窗外莹白，住在绍兴的王子猷想起了远方的老友戴逵，就连夜乘船去看他；快天亮时，终于要到戴家了，王子猷却突然返程，说：“我本乘兴而行，兴尽而返，何必见戴！”同样，还是下雪天，《红楼梦》里的妙玉把梅花瓣上的白雪收集起来，储在一个坛子里，埋入地下三年，再拿出来泡茶喝。也有人把梅花的花骨朵摘下，用盐渍好，到了夏天，再拿出来泡水，梅花会在沸水的作用下缓缓开放。

——这都是多么美好的事！

生活之美到底是什么？从这套“雅活书系”里，每一位读者或许都能找到一点答案。当然，这并不是“雅活”的标准答案，生活本无标准可言——每个人的实践，都只是对生活本身的探寻。而当下的生活，如此丰富，如此精彩，自然也蕴含着无比深沉的美好。“雅活书系”或许是一束微弱的光，是一个提示，提示各位打开心灵感受器，去认识、发现、创造各自生活中的美好。

很荣幸，“雅活书系”能得到读者们的喜欢，也获得了业内不少奖项。我愿更多的人，能发现“雅活”，喜欢“雅活”；能在“雅活”的阅读里，为生活增一分诗意，让内心多一丝宁静。

写完此稿搁笔时，立夏已至，山野之间，鸟鸣渐起。

2019年5月6日

序

今天我要恭维一株草

王加婷

对人生那种微妙的深情，有时是从一株无人问津的小草中产生的。鲍尔吉·原野曾说："寺院庄重的称赞文开头有两个字叫'恭维'，意思是说开始恭敬地讲述下面的人和事。"今天，我要恭维一株草。

1

日本清少纳言的《枕草子》记："草，以菖蒲、菰及葵为最可观。"

贺茂祭之际，以葵饰于发上，自古相传。贺茂祭又称葵祭，大约源起于一千四百年前，为求丰收，人们在马的脖子上系铃铛，让马奔跑来祭神。现也是京都三大祭之一。以葵饰于发上，大概是因为葵叶的形状本身便令人喜欢。

车前草，其名奇异，想到其矜持之心，便觉有趣。

危草，生在山崖突出处，草如其名，看起来无依无靠的样子。

木贼，这种草，风吹过时，那声音不知怎么的，不免引人想象。

菖蒲，生于尘世之中，却怀山野之清。不资寸土，但得泉养。

2

顾城写过一首诗：

我们居住的生命
有一个小小的瓶口
可以看看世界

鸟垂直地落进海里
可以看看蒲草的籽和玫瑰

一个世界的镜片

我们从没有到达玫瑰
或者摸摸大地绿色的发丝

他或许是想说，事物无论多么细微，都涉及宇宙的历史及无穷的因果关系。假如我们可以透过生命的瓶口，去悉心地了解一株草，就知道世界是什么了。

3

听说有个德国人曾就一块柠檬皮写了一本书。

如果能为草地上的每一株草、树林里的每一丛苔藓、岩石上的每一种地衣写一本书，或许大千世界微妙的光、稀奇的色，以及万物的动静，都将得以以诗的形态呈现。

王祥夫《菖蒲图》

目录

辑一

蒲草之美

菖蒲生于山岚溪流处，集齐天地自然最本真的颜色。

首先是山的绿，树木密集，苍烟点翠。

之后是水的清，清澈见底，清越缥缈。

（周华诚 摄）

在无人之境

入一座远山，在触目苍翠的山水间行走。枝头鸟鸣，一滴滴落下，如初生的春水。水声有二重音，听起来一近一远，似在隔河，又近在眼前。这山风清新，洋溢着大自然的芬芳。唐人说，山鸟悟禅机。鸟鸣的悦耳清凉，和大自然的流水潺潺，在听觉上形成生命灵性的通感。

在悦耳的鸟鸣间，遇见溪涧旁一片临水而居的菖蒲，随风摇曳，茸茸可爱。细长干净的叶子，色如碧玉般美丽。微风拂过，绿叶摇动，就像小童，摇晃着脑袋，在风中舒展自如。

菖蒲有仙灵之质，无论是翠绿清秀的外形，还是雅致平和不张扬的精神，都有出尘之形、俊秀之气。

明代邵宝是蒲痴，有诗云："涧边有仙灵，九节碧如玉。偶就山人居，清贞两无欲。就要见平生，虚心愿为谷。"清贞与虚心，前者是雅洁，后者是愿居于下。一株小小的菖蒲，于山间寂然生长，不嫌地僻，不邀人采，百草莫能比之。

山间一株蒲草，看似无人问津，亦装着大千世界（周华诚 摄）

《红楼梦》里的黄金莺，曾采柳枝编篮子送给林姑娘，一个篮子看似小，却装着大观园的春风春日，河水亭榭。

山间一株蒲草，看似无人问津，亦装着大千世界。水生，风动，日走，月移。

山高水绿

1

有人曾赠源氏一首诗歌：

我似菖蒲草，稚驹不要尝。
欣逢佳节日，出谷见阳光。

吟时音调委婉。

此诗虽无特色，源氏却觉很可怜爱，便应和道：

君似菖蒲草，我身是水菰。
溪边常并茂，永不别菖蒲。

在山麓人行道边，有蒲草一丛，长四五寸，叶叶外向，周环如翠玉小团扇，蒙茸如绒毯，在水的倒影中楚楚摇曳。忆起茅

菖蒲生于山风溪流处，集齐天地
自然最本真的颜色（周华诚 摄）

居附近，也颇多此物，悬崖石隙中，或小径坡缝内，常有剑叶茸茸，久雨之后，簇拥而出，苍翠欲滴，与白墙相映，尤有趣味。

蒲草之色，绿得小兽一样可爱悦人，露珠凝在叶子上，闪光时似水晶体，有一种夏夜的清凉。明代邵宝吟："露珠上叶梢，爱尔仙灵物。"

色也是有生命的。公安才子袁宏道，说自己毕生追求的"真乐"有五，首屈一指便是"目极世间之色，耳极世间之声，身极世间之安，口极世间之谭"。

清人李渔也在《闲情偶寄》中记道："过目之物，尽是图画；入耳之声，无非诗料。"美人之媚态、火之焰、灯之光、珠贝金玉之色，是物而非物，无形似有形，难以用理性和文字晓谕，却可以感性的方式抵达。

2

菖蒲生于山岚溪流处，集齐天地自然最本真的颜色。

首先是山的绿，树木密集，苍烟点翠。

之后是水的清，清澈见底，清越缥缈。

山水交汇处，菖蒲恰到好处地出现，或固于山石缝隙，或抱定圆润的石块，将绿意天然出尘地呈现在世人眼前。

一株菖蒲染目，山高水绿，天光云影共徘徊，蒲之绿意映着蓝天。细波粼粼，摆设在石、水的骨子上。抒心，又抒怀。

“在普通的山花之中，碧色是很可人的。……花菖蒲，那碧色虽说不算纯净，但也可看。”德富芦花曾在随笔里这样写道。

诗人刘应时，说菖蒲的颜色是森黛色，森森细细，绿而有节，可以让风起涟漪，“十年梦不到丘壑，清坐喜看寒瘦姿。玉立一峰森黛色，虬蟠九节漾风漪”。便是规规矩矩坐着，颈项也要动三动，俯仰百变，难画难描。

炎热的夏日，蒲草之绿，在空气中楚楚流动，就成了夏日里的一缕清凉。陆游诗云：“海东铜盆面五尺，中贮涧泉涵浅碧。岂惟冷浸玉芙蕖，青青菖蒲络奇石。长安火云行日车，此间暑气一点无。”楼钥亦云：“浸以西山泉，秀色遂可掬。使我读书舍，凉意无三伏。”

这样的层青叠翠，似乎可以绕屋一周，令人须眉都绿。

石本嶙峋，碧色蒙茸。清泉一掬，涟影婆娑。虽是拳山勺水，却让人神游到幽寂山林，如行涧边，顿感凉意无限。想起雪夜访戴的王子猷，一路风雪到戴门却返。有时，山之光，水之声，月之色，皆无可名状，唯会心者知之。

吉田兼好在《徒然草》里写：“与志趣相投的友人从容闲谈，不论所谈为饶有趣味之事，还是琐屑无聊之事，都能以性情相

虽是拳山勺水，却让人神游到幽寂山林，如行涧边（云琴 摄）

见，真是一大快乐。”

夏日之夜，若能与一株蒲草从容闲谈，清香阵阵，南风缕缕，蝉声蛙鸣，满耳满眼，雨可亲，风可恋，清荫可怀。茫茫过去、漠漠未来之间，此一瞬实可乐也。

菖蒲之香

1

气味很奇妙，有时候比眼睛所见、耳朵所听更觉可靠。

《百年孤独》里的第五代人物何塞·阿尔卡蒂奥还是个孩子的时候，乌尔苏拉曾将花露水洒在他头上，好在黑暗中找到他。离家多年后的他带回这种气味，依旧像个孩子一般。

大约任何气味、声音、光线乃至温度，都在人的心底有着先天的感应。当岁月流逝，所有的东西都消失殆尽，唯有空中飘荡的气味，还恋恋不散，令往事历历在目。

曾闻李渔因为对花香太痴迷，发明了一款“生花床帐”，在床帐内架设托板，蒙以纱罗，然后摆放时鲜花木，以求伴花入眠，以期花香入梦。古人好以香熏染衣裳，常常“熏烧上等香料，独个儿横卧。……这种时候，即使没什么人看见，心里总不免于兴奋欢愉的”(清少纳言语) 。

2

菖蒲也是一种芳香植物，揉碎一片叶子，就能闻到香味。菖蒲的香气，氤氲中悬凝着一株草内心深处隐而不露、丰富至极的全部精神生活。

作为芳香开窍醒神的香药，菖蒲在中国传统的制香配方中常被使用。将其与藿香、薄荷、紫苏、香茅、八角茴香等装进香囊里挂在腰间，就相当于把“蚊不叮”戴在了身上。中国古代诗文中素以“香草美人”代指忠君贤良之士，所谓“行清洁者佩芳，德仁明者佩玉”。将香囊佩戴于身上，也是文人行于世间的符号。

3

方蒙章写过一首《访友》诗云：

轻舟一路绕烟霞，更爱山前满涧花。
不为寻君也留住，哪知花里即君家。

小船一路上被烟雾缭绕着，但我更喜欢山前那一涧鲜花，就算不是为找你也想多停留片刻了，哪知道你的家就在这花丛中，以后更要常来了。

菖蒲的香气，氤氲中悬凝着一株草内心深处的全部精神生活（周华诚 摄）

蒲草的香味是可以回味的香，悠远内敛，能回甘，有意时闻不到，无意中却进入鼻息。如品茶之感，淡淡疏疏，袅袅香香，淡则幽，简则远。

“试拈九节风前嗅，已觉登仙不用扶。”仿佛可以羽化而登仙，跟着菖蒲，轻轻摇摆。

（简儿供图）

月从壶山出，照见菖蒲花

1

“扬州八怪”之一的金农，曾有一句题画诗：“莫讶菖蒲花罕见，不逢知己不开花。”

东坡先生，多年养蒲，是个十足的蒲痴。一次见弟弟苏辙的菖蒲忽开九花，以为瑞象，遂大喜过望，当即赋诗一首：“无鼻何由识薝卜，有花今始信菖蒲。”

人以菖蒲花开为吉兆，见之当贵。《梁书》里曾记：

太祖献皇后张氏，尝于室内见庭前菖蒲生花，光彩照灼，非世间所有。后惊视，问侍者曰：“见否？”对曰：“不见。”后曰：“常闻见者当富贵。”因取吞之，是月产高祖。

蒲生小花，食之有孕，引朝野震动，实为离奇趣事。

在古诗中，菖蒲花常常被赋予相思与深情。李贺有一首《大

堤曲》:

妾家住横塘，红纱满桂香。
青云教绾头上髻，明月与作耳边珰。
莲风起，江畔春；大堤上，留北人。
郎食鲤鱼尾，妾食猩猩唇。
莫指襄阳道，绿浦归帆少。
今日菖蒲花，明朝枫树老。

传言，当年才女薛涛曾在自家小院门前种满菖蒲，后在菖蒲园遇见诗人元稹，一见钟情，诗曰:“扰弱新蒲叶又齐，春深花发塞前溪。”后两人因故分别，千里之外的元稹，有诗《寄赠薛涛》:“别后相思隔烟水，菖蒲花发五云高。”分别后的相思如满庭菖蒲疯长，两人情事也如菖蒲花一样清幽绝美。

2

日本人家的屋顶上，很多都种着菖蒲。读日本文学家的随笔，常常可以看到菖蒲花开的景象，如德富芦花《自然与人生》:

……菖蒲，花开正盛。淡紫色，白色，这花虽说插上一两棵

扰弱新蒲叶又齐，春深花发塞前溪（周华诚 摄）

不怎么显眼，但要是院中千万棵花，在午后阳光的照射下一齐开放，那绿色的底子，浮现着紫色和白色的花纹，美得就像铺着一面花绒毯。

……

适逢五月上旬，一簇簇菖蒲，紫花绿叶，浓淡有致。使人不由想起，那茅舍倒成了簪花女郎。……人家屋顶上的菖蒲花轻轻抚摩着青碧的天空，频频颔首致意。

3

川端康成曾写过一朵夜间绽放的海棠花："凌晨四点钟，看到海棠花未眠。""她盛放，有一种哀伤的美。"花未眠这众所周知的事，成为作者新发现花的机缘，在人与花一瞬间的相遇中，引发了无限的哀叹与柔情。这柔情，有秘藏于花草的自我意志，有向宇宙万物的敞开与悲悯，是对大自然深深的敬畏。

毕加索说："我从不寻找，我只是发现。"一朵夜间绽放的花，任星光照耀，夜露洗涤，在它安静、微小、缓慢的世界里，也可以发现万物的生命密码，也隐藏着大千世界的缩影。

美是一种机缘，在于邂逅与发现。人感受到的美虽然有限，但大自然的美却是无限的。一切艺术都需要注入一种诗的抒情。

绿华窈窕，清香怡人（蒲友供图）

4

炎热的夏季，若在窗口放一盆开花的菖蒲，是很别致的。绿华窈窕，清香怡人，仿如一把轻罗小扇送来清透的晚风。一盆菖蒲在屋内的风度，“浮游水中央，千春隔尘俗”，秀雅而温柔，轻盈快乐中还有一分沉静。靠近一些，还可以听到水在菖蒲根部轻轻流过的细碎声音。这声音使人能感觉到，却几乎不是用耳朵，而只是靠想象。

英国诗人 D.H. 劳伦斯曾写过一首诗叫《倾听》——

在所有的声音中，亲爱的，
我倾听来自你的寂静声息。
每当我开口，我就感觉到
你的寂静俘获了我的话语。
……

墨西哥诗人奥克塔维奥 · 帕斯也有一首意境类似的诗：

……
你就在我的身旁，像一棵树一样，
像一条河在身边流淌，
像一条河与我倾诉衷肠。
……

到了夜晚时分，半开的百叶窗上的明媚月亮，把一道道梯

你的寂静俘获了我的话语（蒲友供图）

架般的窈窕的投影，抛到窗前。月光中菖蒲摇曳，就像曙色初开时在轻风中摇摆的山雀一样。在细叶的颤动中，看见空气隐形的舞姿。

“有晚窗前月华无声，只觉浩浩阴阳移。”月光下一盆菖蒲静静摇曳，生活在月光里的我们，觉得也像住在又深又静的水边。

月光中菖蒲摇曳，就像曙色初开时在轻风中摇摆的山雀一样（蒲友供图）

走近前去，轻拨草叶中的菖蒲花，像母亲的手拨动孩子的头发。眼前这一株菖蒲花，颈弱花柔，花身略有斑点青渍，在晚风中微微摇动。

在不可知的地方，像是还有极熟悉的声音在招呼：“你看看好。应当有一粒星子在花中。”

草菖蒲与花菖蒲

日本平安时代末期，大僧慈镇编著的《拾玉集》中有一首和歌描写了野生的花菖蒲：

野泽边
雨初晴
稻谷沾满露水

在屋檐下摇曳的
是花菖蒲

带来粮食丰收的稻田一直是日本人的心灵故乡，田埂或山野间的花菖蒲盛开时恰逢雨季，宣告栽秧时节的到来。因此花菖蒲自古以来就受到人们的喜爱，它也为人们的生活增添了一分节日或初夏的雅致氛围。

1

日本初夏时节的花材莫过于草菖蒲和花菖蒲。这两种植物，同为“菖蒲”，虽只有一字之差，但其实是两种截然不同的植物。

草菖蒲即天南星科的石菖蒲，是由中国传入日本的。花菖蒲则为俗称的“玉蝉花”，属于鸢尾科鸢尾属，也有燕子花这一品种，是日本很有代表性的本土花卉。

日本古典插花名著《仙传抄》，将草菖蒲和花菖蒲的花归为“五节供花”。之所以流传下来这样的花供传统，和当时中日两国文化习俗的交流与融合密不可分。

据资料记载，石菖蒲和端午习俗在隋唐时即东传日本。石菖蒲传入日本以后，由于其叶形似剑，与武士刀相似，因此受到日本人的欢迎，加入了日本五月五的花供之列。而玉蝉花之所以后来被冠以“菖蒲”之名，是因为它是五月时节开放的鲜花，在端午习俗传入日本以后，它和石菖蒲一样成为当地庆祝节日的重要花材，便渐渐与“菖蒲”的汉字发生了关联。在江户时期武士道文化的影响下，由于“菖蒲”的日语读音“syobu”又与“尚武”相同，人们便在端午时节并用这两种植物。

2

日本作家三岛由纪夫在《四季的心》中以诗意的语言写道：

石菖蒲由于叶形似剑，与武士刀相似，受到日本人的欢迎（蒲友供图）

菖蒲因尚武而具有男性的阳刚之气，菖蒲花其紫色、如同兰花花瓣的迷乱、花容的那种杂乱与纤弱，则又妖媚艳丽，兼秉女性的阴柔之美。这种剑叶以其浓郁的绿色，在设法与五月的青空凛凛抗衡，然而花苞虽悄然无声却仍然妖艳无比。

日本人对花菖蒲的喜爱很大程度上源于其外形兼具阴柔和阳刚之气，正如菊与刀的二面一体，交织成日本文化的精神内核与审美的核心指向。

在江户时代展现平安时代生活的画卷中，常常看到花菖蒲被插在屋檐的景象，从檐下仰望，花菖蒲的蓝紫色及其初夏青绿的枝叶与五月的晴空相得益彰。雨天时，淅淅沥沥的梅雨顺着翠绿的叶子滴落，一番诗情画意。

花菖蒲的叶片青翠似剑，翘首盛开时，就如同一位期盼爱情降临的少女。其花朵大而美丽，色彩也斑斓，外轮基部有一枚貌似眼睛的黄色花斑。当置身于花菖蒲盛开之处时，会有一种被注视着的亲切感。

日本是个岛国，多自然灾害，面对生命的无常，日本人常有一种宿命感，审美也更趋向禅的空寂与枯淡。花菖蒲的花，奇特而又别致，华丽而又简朴，正好彰显了日本人特有的感性与美学造诣，直至今日依然存留不灭。

审美的菖蒲与实用的香蒲

浅水洼有两种蒲草，一种叫菖蒲，一种叫香蒲。从有文字记载开始，它们就与人们的生活有着千丝万缕的联系。

英国植物学家杰拉尔德（1545—1612）这样描述菖蒲：“菖蒲之花形狭长，极像香蒲之花，色泽浅褐。粗细与普通芦苇相仿，长约一寸半，绿中带黄，深浅斑点交织，犹如用绿黄两色丝线精心穿插绣成，令人称奇。”

香蒲虽然与菖蒲相似，但它们既不是同族也非远亲。菖蒲是天南星科植物，香蒲则是香蒲科植物。

香蒲的叶子比之菖蒲厚而窄，且叶脉朝一面隆起，或朝一面凹陷，若韭叶状。其穗状花序形若蜡烛，因此有鬼蜡烛、水蜡烛、毛蜡烛之称。

蒲菜入宴席，古老而久远。《周礼》一书，就记载过一种宫廷食品，叫“蒲菹”，即腌制过的菖蒲根。明代诗人顾达亦有“一箸脆思蒲菜嫩，满盘鲜忆鲤鱼香”的诗句。春天，香蒲的鹅黄芽

春天，香蒲的鹅黄芽儿悄悄探出头来（周华诚 摄）

儿悄悄探出头来。探入水中，可以掘到一节嫩芽，丢入嘴中细细咀嚼，有涩涩的微甜感。

香蒲的实用性非常强，可制成蒲席、蒲篮、蒲筐、蒲包，把轻盈飘逸的蒲絮揉作枕芯，既舒适又柔软，可得一夜好眠。

菖蒲与苔藓

余家深山之中，每春夏之交，苍藓盈阶，落花满径，门无剥啄，松影参差，禽声上下。

这是明代高濂在《遵生八笺》里对自己的闲适生活的记录。大意是：我家住在深山中，每逢春夏之交，野草苔藓长满台阶，纷飞的花瓣铺满小径时，家里没人到访。树林间的松影参差不齐，禽鸟之声此起彼伏。

文中提到的苔藓，与菖蒲一样，都是能让人起山林之思的小植物，怀素抱朴，天然清幽。早在唐代已有人将二者相提并论。唐人段成式《酉阳杂俎》中有“清香惹苔藓，忍草杂兰荪”的诗句，兰荪即菖蒲也。

所以，说苔藓是菖蒲的绝配也不为过。对菖蒲与苔藓的情怀，体现了草与人，草与事，草与物的关系。

怀素抱朴，天然清幽（云琴 摄）

1

苔藓是孢子植物，无花无种子，但生命力极其旺盛，于溪涧、石阶、屋檐、墙垣，随处可见，不用沃土千里，就能郁郁青青。

南朝江淹《青苔赋》：

若其在水，则镜带湖沼，锦匜池林。春塘秀色，阳鸟好音。

青郊未谢兮白日照，路贯千里兮绿草深。乃生水而摇荡，遂出波而沉淫。

旧日南方人家的大宅，古老石雕的壁沿缝隙，常常生长出茁壮的瓦松与青苔。那些寂静的生命，绿茸茸的，从灰瓦的缝隙里冒出来，衔接上河畔青绿绿的银杏树与柳条儿，充满了野趣和古朴。久雨之后，也常常可以见到青苔长满石阶，绿及粉墙。三五蜗牛负壳上行，于墙苔深处，拖痕作篆书，观之甚觉有趣。

在日本文学中，诗人酷爱“苔藓”这个意象，万叶诗人在吟唱悠久与恒长时，常让幽绿的苔色爬上时间的古藤，与人类共生共度。《万叶集·卷二》中即有一首悼亡诗云：“伊人芳名垂千古，直至幼松染浓苔。”

2

菖蒲与苔藓的生活习性类似，都喜阴暗潮湿的环境；都为草卉之中最微者，然山海无处不见其形色。山水画卷，一经菖蒲、苔藓点缀，则古气顿生；为造物之最微者，然造景之紧要者也。

菖蒲配苔一般有两种方法。

一种是把现成的苔藓铺在土上。苔藓与菖蒲的生长环境类似，不需要特殊的打理。从野外采来苔藓，稍微汰洗根部泥土，然后根据蒲盆形状，直接铺在菖蒲植料表面，然后喷水通风。不过两三天，苔藓便渐渐呈现茸毛状，状态好的时候，或平或圆，一片翠绿，茸茸可爱。一个星期左右即可服盆。

另一种就是自己发苔藓。收集自己喜欢的青苔品种，晒干，再将附着的泥土等撮掉，只留下青苔，接下来就用剪刀慢慢剪碎，越碎越好。剪碎后的青苔混些植料，搅拌均匀，兑水浇在土上，或者加酸奶、蜂蜜、啤酒打成汁涂抹在石头上。

明人文震亨《长物志》记有“沃以饭渖，雨渍苔生”，也就是洒点米汤，这种做法有利于苔藓的迅速生发。

此外要定期清理枯萎的叶子，见土表面干了即可浇水。可以的话，在盆景底部放一盘清水，有益于增加苔藓周围的空气湿度。平时可以把菖蒲和苔藓放置在窗台，偶尔晒晒清晨或傍晚的阳光，但忌强光直射。

蒲苔盆景也要悉心打理，“夜分饮散酒家垆，归路迢迢月满湖。小竖窃言翁未醉，入门犹记露菖蒲”，像大诗人陆游，出门饮个酒，也不忘家中的菖蒲。

3

东方文化一直与卑小的菖蒲、苔藓有着千丝万缕的联系。唐刘禹锡的《陋室铭》:“苔痕上阶绿，草色入帘青。谈笑有鸿儒，往来无白丁。”宋苏轼的《石菖蒲赞》:“至于忍寒苦，安淡泊，与清泉白石为伍，不待泥土而生者，亦岂昌阳之所能仿佛哉?”

蒲、苔，优雅而含蓄，智慧而谦逊，充满生命力，是东方文化里理想生活的重要元素。其作为一种孤独、清冷的美学象征，寓示着文人的最高情怀。

现代生活，受限于城市与居住环境的局促，人们的生活与大自然严重脱离，对于绿色植物的渴望，促成都市园艺的兴起。将蒲草与苔藓移入室内，使这种不起眼的东西有了别样的滋味。日本的庭园也经常大量种植苔藓，它与参天的古木、清澈的水

忍寒苦，安淡泊，与清泉白石为伍(周华诚 摄)

潭、嶙峋的山石，以及投射的光线组合，显现出多变的色泽，给人安详宁静与超然尘外之感。

最有意思的是，日本人把“苔”和“枕”结合起来，将与人的生活息息相关的物品和苔结合，实现了人与自然的和谐统一。

《万叶集》中，“苔”和“枕”结合的诗云：

洁布铺枕上，孤影对枕问。

恋君君不见，枕上满苔茵。

漫漫绿苔爬上冰凉的梦枕，时间过得太久了，以至世界和人的心灵变得同等荒凉，绿苔与人共同思念着久未相见的恋人。

辑二

蒲草之识

菖蒲在盆中，或错落，或交缠；或丛聚，或孤立。毫无章法，近乎天然之态；参差错落，千变万化，则有一种风韵。

（周华诚 摄）

蒲草之史

先秦时期，菖蒲被看作一种高洁的香草，并被用来指代君王。《楚辞·九歌》中称："夫人自有兮美子，荪何以兮愁苦?"其中的"荪"既是菖蒲的名称，又是对于国君的尊称。

《本草》记有"尧时天降精于庭为韭，感百阴之气为菖蒲"，传说菖蒲是伴随尧帝降生的仙草。原来菖蒲从先秦时代就被认为是一种通神誉人的"高大上"草药了。菖蒲先于百草而生，菖蒲发芽，人们便开始一年的耕作。

在周代，菖蒲是祭祀神明时的重要祭品，把酒洒在菖蒲上，就相当于神已享用。

舆地学著作《三辅黄图》中记载：汉武帝元鼎六年破南越，建扶荔宫以植所得奇草异树，即有菖蒲。

至唐代，有好事者将菖蒲移于盆盎之中，制成盆景。从此，莳蒲之风一发不可收。至宋代，更有东坡、陆游等一众风雅之士

先秦时期，菖蒲被看作一种高洁的香草（蒲友供图）

或因仕途失意，或因厌居豪华、渴慕山林田园之胜而加入莳蒲行列。

到了明代，王象晋出了本《群芳谱》，详细记载了莳蒲之法。自此，菖蒲越来越受到人们的喜爱。

1

李时珍将菖蒲分为五类：

菖蒲，乃蒲类之昌盛者，故曰菖蒲。

菖蒲凡五种：生于池泽，蒲叶肥，根高二三尺者，泥菖蒲，白菖也；生于溪涧，蒲叶瘦，根高二三尺者，水菖蒲，溪荪也；生于水石之间，叶有剑脊，瘦根密节，高尺余者，石菖蒲也；人家以砂栽之一年，至春剪洗，愈剪愈细，高四五寸，叶如韭，根如匙柄粗者，亦石菖蒲也；甚则根长二三分，叶长寸许，谓之钱蒲是矣。

文史学家郑逸梅将菖蒲分为三类，其《花果小品》之《菖蒲》一文记——

菖蒲为多年生草本，一名菖歇，一名尧韭。共三种：生于陂泽（池塘）者，浜菖也；生于溪涧者，水菖也；生于水石中者，则为石菖蒲，高只数寸，叶纤细，因称细叶菖蒲。

文人最爱把玩的是石菖蒲。张耒《石菖蒲并序》云：

岁十月，冰霜大寒，吾庭之植物无不悴者。爰有瓦缶，置水斗许，间以小石，有草郁然，俯窥其根，与石相结络。其生意畅遂，颜色茂好，若夏雨解箨之竹，春田时泽之苗，问其名曰，是为石菖蒲也。

石菖蒲的叶子形状好像一把剑，细长锐利，味道辛辣。明代《群芳谱》写"乃若石菖蒲之为物，不假日色，不资寸土，不计春秋。愈久则愈密，愈瘠则愈细。可以适情，可以养性"，杜甫曰"根盘叶茂看愈好"，等等，都描绘了石菖蒲盘根错节，叶纤细多节、青绿可爱之态，置案头清供，潇洒有情趣。

2

石菖蒲细分下去又有六种：

明代高濂《遵生八笺》云："（石菖蒲）品之佳者有六：金钱、

石菖蒲盘根错节，叶纤细多节、青绿可爱（菖蒲研究院供图）

牛顶、虎须、剑脊、香苗、台蒲。”

金钱蒲

这是菖蒲中最小的种类。草型呈圆形，中间的大小就只可

金钱蒲是菖蒲中的皇后，蒲呈皇冠圆形，一圈一圈层层旋转而上
（菖蒲研究院供图）

以放一枚铜钱，所以就叫金钱蒲。叶短促，手摸染香不散，又称随手香。

金钱蒲是菖蒲中的皇后，蒲呈皇冠圆形，一圈一圈层层旋转而上。明代张瀚在《松窗梦语》里对金钱蒲有如此描述：“叶短而阔，一团蒲草若铜钱大，青翠诱人，又曰草型成圈，中可置钱，故有钱蒲诸名。”

金钱蒲也分大金钱蒲与小金钱蒲。大金钱蒲，粗放壮硕，深色墨绿；小金钱蒲，胜在文气，色形均雅。

在布满青苔的扁扁长长的盆中，常常可见一拳黄石靠左，右边空疏处几缕小金钱蒲，青苔顺着拳石渐渐蔓延而上，点点翠绿散落在黄石上，如满山密林，久观则有山水画境。

虎　须

虎须的特点是叶细且长，原产中国长江流域以南温暖潮湿的地区，特别适宜生长于山涧浅水石上，以及溪流旁的岩石缝中，一小丛一小丛的，叶片比金钱蒲细很多，有谓“根窠蟠结，密若罗织”。

虎须叶子较为细长，若君子秀挺，临水立石，叶子柔韧程度适中，犹如玲珑之剑。叶较金钱蒲半其阔，而倍其长，直上如韭而生。明代张瀚曰：“菖蒲名茎，亦分数种，虎须为上，金钱次之。”

金钱蒲针短而宽，生长的时候是一圈圈向上走；虎须菖蒲叶子却是散射状的，针细长，最长可达50～60厘米。

虎须若君子秀挺，叶子柔韧程度适中，犹如玲珑之剑（蒲友供图）

香 苗

香苗叶形如金钱，长过虎须，折之有茴香味，故谓香苗。总体上显得小巧葳蕤，宜数丛并种，营造一种青翠鲜活、春意盎然的感觉；若与水石搭配，临水而出，伴石而生，浑然一体，博然大气。明卢之颐《本草乘雅半偈》载：“别有香苗、挺秀、金钱、台蒲诸种甚奇。而香苗之最细者，曰虎须，尤可娱目。”香苗叶窄，挺秀甚奇，不易得，状若放大版的虎须菖蒲。香苗之最细者，或即曰龙须菖蒲。香苗在形上比虎须更长更直挑，颇有仙人

香苗小巧葳蕤，宜数丛并种，青翠鲜活，春意盎然（陈德旺 摄）

之气。独株或并列数丛都可，临水而居，搭配平和低矮的山石，颇有水出独立、凌然于风的气质。

由于文字记载有限，六大名品中的“牛顶”“剑脊”“台蒲”等品种未能考证，不知是否已经消散在风中。

3

此外，还有一些衍生及变种的菖蒲品种。

花叶菖蒲（金边 / 银边）

金边菖蒲，叶片一半绿，一半黄。银边菖蒲，叶片一半绿一半白，镶嵌粗细乳白色条纹。花叶菖蒲，须偏干养，不需剪修，多日不浇水，蔫了，像头发趴在脑袋上一样，浇点水又支棱起来，甚是精神。

花叶的气质坚硬，略微柔和的手感带点桀骜不驯，宛若蒲中小辣椒，宜用圆润的鹅卵石搭配，缓和其凌厉气质，做到方硬中有圆润，凌厉中有柔和。

黄金姬菖蒲

日本彩叶菖蒲里面的名品，叶形纤细，叶色鹅黄。小到不超过食指节，形似折扇，扇形的片状叶层层叠加，可爱至极，取名也许与此有关。菖蒲多以翠绿为主基调，因而金黄色的黄金姬菖蒲尤其让人眼前一亮。金黄色也可以说是黄金姬菖蒲的独特优势。

4

车前子《回忆菖蒲花》里也提到几种菖蒲：

菖蒲有几种：生在沼泽地的是泥菖蒲；河边湖畔的为水菖

黄金姬菖蒲形似折扇，扇形的片状叶层层叠加，可爱至极（蒲友供图）

蒲；生于石上的即石菖蒲，据说一寸九节最贵，而开紫花者尤其难得。菖蒲一般开黄花。……还有一种菖蒲，花店里常见，被称作“插花之王”（日本人的命名），其实是菖兰，或者叫唐菖蒲。

……

石菖蒲，唐菖蒲，我都喜爱，有时候竟会把它们混淆一块——它们都有晚唐风味，石菖蒲郊寒岛瘦，唐菖蒲温李一脉，孟郊，贾岛，温庭筠，李商隐，他们尽管各有面目，但有一点是一样的：耐看。

……

而石菖蒲唐菖蒲都一样耐看，区别又不小。从风味上讲，石菖蒲更接近北宋——瘦骨嶙峋，透着股药气，仿佛黄庭坚的文字。

水菖蒲与泥菖蒲其实属同一个品种，只是生长环境不同，所以叫法不同。端午节用来驱邪防蚊的就是这种菖蒲，人们编织蒲包用的材料也是它。水菖蒲全草有香味，生于河边可防岸坍。

石菖蒲属于天南星科菖蒲属的禾草状多年生草本植物，根茎有香味，适合搭配石头做微景观，小小的叶子，一丛小草，花为肉穗状。

唐菖蒲，鸢尾科唐菖蒲属的多年生草本植物，别名剑兰、菖兰、荸荠莲，花市上可做鲜切花，球茎扁圆球形，也被称为球根植物。花径高出叶上，花冠呈漏斗形，花色有红黄紫白蓝多种。可作花篮、花束等。原种产自好望角，经多次杂交而成。

5

本雅明说，收藏就是把一件件物品置于自己的关怀之下，

石菖蒲更接近北宋——瘦骨嶙峋，透着股药气（周华诚 摄）

从而把它们永远从市场分离出来，恢复它们自身的尊严和价值。同对象建立最深刻联系的方式，就是拥有这个对象，但是绝非私有制意义上的占有，或者像购买会升值的股票那样把收藏品当作一种会带来利润的东西。

收藏者收藏的，“不仅仅是他们在日常世界所必需的东西，而且还是那种从实用性的单调乏味的苦役中解放出来的东西”。也就是说，人的天性里就有一种对无用之美的追求。收藏人世间的美好之物，可以让生命与自然相互回应，形成互动的关系，让美彰显出来。

收藏一盆菖蒲是一份雅缘，珍视它应如同珍视自己生命的一部分。收藏的意义不在于占有，而在于相互的成全。

蒲草之赏

不刻意修剪的菖蒲有一种野逸之美。

养菖蒲者，如果充分尊重每一棵草不同的性情，尊重菖蒲自由生长的姿态，不过分矫饰，就会让菖蒲呈现一种不拘小节、潇洒自如、全无羁绊的美。

菖蒲在盆中，或错落，或交缠；或丛聚，或孤立。毫无章法，近乎天然之态；参差错落，千变万化，则有一种风韵。所谓风韵并无规则可言，它发自一棵草的内心。正如好的艺术创作便是艺术家发乎本心的自由挥洒。

少了享受野逸的能力，是极大的不自由。有些任纵才可爱有趣。正如袁宏道《瓶史》云：

夫花之所谓整齐者，正以参差不论，意态天然，如子瞻之文，随意断续，青莲之诗，不拘对偶，此真整齐也。

养蒲，即便是要修剪，也要合乎自然（云琴 摄）

插花如此，养蒲也如此。即便是要修剪，也要合乎自然，以怜惜之心去尊重蒲草的生长规律和自然形态，再参以灵活的技巧去创造，就变成一个人为的自然世界。而这个自然，虽由人作，却宛若天开，天趣依然昭昭。

蒲草之用

明目养眼

菖蒲四季皆绿，仔细观察菖蒲的叶片上面，会发现晶莹剔透的“菖蒲露”。这不是露水，也不是雨水，而是菖蒲自身析出的水，可以拿个玉盘用竹签或者骨针轻轻拨下来。明代朱权《臞仙神隐书》云：“石菖蒲置一盆于几上，夜间观书则收烟，无害目之患。或置星露之下，至旦取叶尖露水洗目，大能明视，久则白昼见星。”

明代高濂在《遵生八笺·起居安乐笺》里曾写道：

斋中长桌一，古砚一，旧古铜水注一，旧窑笔格一，斑竹笔筒一，旧窑笔洗一，糊斗一，水中丞一，铜石镇纸一。左置榻床一，榻下滚脚凳一，床头小几一，上置古铜花尊或哥窑定瓶一。花时则插花盈瓶，以集香气；闲时置蒲石于上，收朝露以清目。

在明代，人们发现，菖蒲叶能够吸收灯烛的油烟。长夜漫漫，三五盆翠蒲亭亭立在书架旁的长几上，悄悄收聚灯烛散发的油烟，为文人创造出洁净的环境。

入药养气

石菖蒲，味辛而苦，气温，无毒。能开心窍，善通气，止遗尿，安胎除烦闷，能治善忘。

这是从药书上摘下来的一段话，就是说这石菖蒲因芳香辛苦，能开心窍、通气，有止遗尿、安胎之功效，还能治健忘。

食石菖蒲，还有“宽胃养气”之说。苏轼在贬居黄州期间，“用时雨沏茶煮药，饮用井水泉水……吃石菖蒲，宽胃养气”。

延年长生

古时候菖蒲是被作为仙草灵药来看待的。古人认为菖蒲服之可延年长生。晋葛洪《神仙传》云：“咸阳王典食菖蒲得长生。安期生采一寸九节菖蒲服，仙去。”其中还有一则与菖蒲有关的记载，称汉武帝于元封二年游嵩山，遇仙人点拨，服食菖蒲以期延年长生。

葛洪《抱朴子》亦云：“韩众服菖蒲十三年，身上生毛，冬

石菖蒲因芳香辛苦，能开心窍（蒲友供图）

袒不寒，日记万言。商丘子不娶，惟食菖蒲根，不饥不老，不知所终。”

蒲草延年之效，被道家求仙者传得神乎其神，传说食蒲能乌发美容、返老还童。李白在《嵩山采菖蒲者》中吟曰：“神仙多古貌，双耳下垂肩。……我来采菖蒲，服食可延年。”清胡公寿题画曰：“耳出头颅下及肩，嵩山人说地行仙。常餐九节菖蒲叶，十五桃华美少年。”

酿菖蒲酒

苏轼《元祐三年端午帖子词·皇太后阁之二》诗云：“万岁菖蒲酒，千金琥珀杯。年年行乐处，新月挂池台。”

采用九节菖蒲这种名贵中药材，可以酿造成菖蒲酒。酿好的菖蒲酒，色微翠，质澄清，气芬芳；入口甜而不腻，略带药味，使人不厌，饮后神清气爽。

明诗《饮菖蒲酒》中有“采得菖蒲届端阳，酿成美酒送异香”之说，既写出菖蒲酒之美，也反映出菖蒲酒乃是中国传统端午佳节不可或缺的节庆道具。

《遵生八笺》中也记有：

取九节菖蒲生捣绞汁五斗，糯米五斗，炊饭。细曲五斤，相拌令匀，入磁缸密盖二十一日即开。温服，日三服之。通血脉，滋荣卫，治风痹、骨立、痿黄，医不能治。服一剂，百日后颜色光彩，足力倍常，耳目聪明，发白变黑，齿落更生，夜有光明，延年益寿。功不尽述。

辑三

蒲草艺文

蒲君静坐水石间，阳光下现出不同的颜色。影中的墨绿，光下的晶莹剔透，细细碎碎，姗姗可爱。张岱言：『人面一绿。』与菖蒲静坐相对，像在和自己说话。

（周华诚 摄）

起来慵刺绣，窗下理菖蒲

小林一茶有一首俳句：“纸窗小洞里，银河美无比。”一茶在江户曾居住过一间破旧的房子，纸窗已破出小窟窿。夜晚透过这纸窗的小洞仰望星空，却发现银河十分美丽。

白纸糊窗，有一种别样的柔美。透过纸窗的光线永远是柔和的，隔而未隔，淡淡疏疏，影影绰绰。若在窗前贴上绿叶红花，草虫鸟雀，只觉屋中一派勃勃生气。用手指轻轻弹击窗纸，其声音，如咚咚小鼓声。

1

纸窗之下，宜养菖蒲。

曾读《咏石菖蒲》一诗：“夜雨秋桐吮露新，清凉洁净映书灯。岂羡九节长寿药，芸窗虚白供一生。”白天，光从窗户纸透进来，屋里一团虚白。晚上，雨洗梧桐，菖蒲相伴桌前，灯火青荧，时于此间，得少佳趣。

民国古琴大师管平湖弹琴的时候，爱在窗边放一盆菖蒲，叶影婆娑、清目养神。窗外大树绿荫覆在窗上，微风拂过，密密流动如织，透过窗进来，就有了各种层次。恰如一个伟大乐曲的章节，在时间交替下进行。落在书墨上，连人带画都是绿的。琴声或明亮，或沉思。如果蒲草也会弹琴的话，一定不会弹得干巴无味的，它已在琴声前听遍了人间苦乐。

在窗边放一盆菖蒲，叶影婆娑、清目养神（沈清宇供图）

李日华曾在六研斋中记：“余自弱冠读书，窗下养蒲一盎以清目，经今几四十年。岁月滋长，竟成七盎，凡三开花，虽未得服饵，而灸其清寒森蒨之气，良亦不少。”窗下的菖蒲，从一盎长到七盎，自有一种沉静安详的气质，一种经过时间沉淀后质朴的美，带着天然的草木清香。

糊纸窗，是个极细致的营生。据说要先把前一年的旧窗纸扯掉，用小铲将窗棱上的土渣、残纸、旧干糨糊印迹等铲净，在火炉上将面糊熬成稠稀恰当、不见疙瘩的面浆后，再将白麻纸重新糊上窗台。不过在纸普遍应用之前，蒙在窗户上的是纱绢。李白《寄远》诗里说：“碧窗纷纷下落花，青楼寂寂空明月。”碧窗、绿窗、幽窗，大抵是将纱绢染成绿色，或是取映照之意，窗前有水石花草之属。

2

时至今日，纸窗早已杳无踪迹了。唯有百叶窗，还带着纸窗的韵味。

我曾看过西斜的阳光，在落日时分透过半开的百叶窗，像照射林中的草丛似的，以耀眼的斜光照入屋中，给柠檬木的柜子镶嵌上一片片碎金，人被夕阳涂抹，只剩下半个影子。对于一颗倦于人生斗争的心来说，这样的一扇窗、一丛草，就足以构成一个迷人的逗留之地了。天的空阔，云的浮游，海的变幻，都在神

最清淡宜人的，是在窗下养一盆绿蒲，与其消磨时光到星光满天

（周华诚 摄）

秘飘忽的时间里，和宇宙的无限取得了和谐。

最清淡宜人的，是在窗下养一盆绿蒲，与其消磨时光到星光满天。若是窗外还有一条河，人倚在窗前看揉碎的月光，听水面上婉转的幽乐，那逸趣真是不易。“香篆袅风青缕缕，纸窗明月白团团。”只觉市声与暗尘都在夜色下柔润了，世间之景盈盈如在镜里。

菖蒲摇摇，案头山水

我家有蒲草，见天亦见星。

默默供书案，终岁不凋零。

阳光投射到窗内一方小小的案几上，案上一块雅致的顽石。蒲君静坐水石间，阳光下现出不同的颜色。影中的墨绿，光下的晶莹剔透，细细碎碎，姗姗可爱。张岱言：“人面一绿。”与菖蒲静坐相对，像在和自己说话。

从古至今，很多文人都爱在书房栽上一些小花小草，仿佛将山水间的幽静带到眼前。比如案头摆一盆菖蒲，无须泥土，其俊秀卓然的气韵正合文人宁静致远的梦想。

栽种一盆石菖蒲，是很有意思的。先在盆中抛些菖蒲籽，盛满水，石上洒点冷米汤，再置于阴凉处，石上就会生出条条细叶。生于水石之上的菖蒲，不覆瑕尘，只经水洗，便可润洁似玉。苏轼尝有诗云：“置之盆盎中，日与山海对。明年菖蒲根，连络不可解。”

文房一盆绿蒲，并非声色娱情，而是文人心中的名山胜景。当主人的才情注入、照射在绿蒲上面时，绿蒲的生命也带上了文气，与主人的生命有光有声地融合在一起。

养在书房中的菖蒲，人皆说其有文气。文气是什么？后人评张岱的文章，有一片纯粹、无用的文人气。读其《西湖梦寻·序》，晶莹剔透，寻其笔墨，又一无所有。

菖蒲的文气在哪儿？苏大人说它“忍寒苦，安淡泊，与清泉白石为伍”。菖蒲不沾污泥，仅凭净石与清水生存，是文人君子品行的真实写照。而其清秀、简明，不乏审美意趣的形态，无不体现着自然的本色之美，洋溢出一种天真、淡泊的景象，又恰当地表现了文人超脱的心灵世界。

而我们心中的文人天地，也正是这样一个浸透文人气韵的家园，大到天地宇宙，小到一花一木，都通透地体现着传统文人一脉相承的处世哲学。

文房一盆绿蒲，并非声色娱情，而是文人心中的名山胜景（采菊供图）

仿佛烟霞生隙地，
分明日月在壶天

1

陆游诗云：“雁山菖蒲昆山石，陈叟持来慰幽寂。……盆山苍然日在眼，此物一来俱扫迹。”

将幽香的雁荡菖蒲与奇丽的昆山之石，同置于一个细高的方形白瓷盆里，修篁成林，蔽不见天，固然幽雅宜人，而盆盎之间绿叶猗猗，未尝不惹人怜。

菖蒲盆景的青翠可爱，使人宛如置身于空旷的大自然，面对一片绿意环绕的树丛，静中有无限芬芳。这种盆景，形状虽小，却能包罗万象，“仿佛烟霞生隙地，分明日月在壶天”。

2

然“蒲草易看，盆古为难”，为菖蒲选盆，却不是一件容易的事。所谓“异根不带尘埃气，孤操爱结泉石盟”，乃知养菖蒲，须盆、石得当，水、时合意。

明高濂《遵生八笺》记："石上种蒲草，得有旧石……盛以官哥均州定窑方圆盆中，养以河水。天落水时，令出见天日，夜受风露，则草石长青。若置之书斋，尘积蒲叶山石，则憔悴弊矣。"书中还详细记录过选盆之要领：

大率蒲草易看，盆古为难。若定之五色划花，白定绣花、划花，方圆盆以云板脚为美，更有八角圆盆，六角环盆，定样最多，奈无长盆。……方盆菱花葵花制佳，惟可种蒲。

文震亨《长物志》亦对此有记载：

盆以青绿古铜、白定、官哥等窑为第一，新制者五色内窑及供春粗料可用，余不入品。盆宜圆，不宜方，尤忌长狭。

江南大学教授王大濛好养蒲君。就其收藏的蒲盆而言，便数不胜数，有青花盆、汉白玉海棠形盆、太湖石盆、紫砂盆等。"菖蒲盆宜小不宜大，小者拳石大小，再小者核桃相仿，偏大者直径与笔筒相若。"这是大濛先生选盆的心得。

紫砂盆的气息沉稳，是首选。宣石蒲盆，也是他的所爱。老的蒲盆，本身凝固着久远的时间，配上白色的老宣石，有沉

天落水时，令出见天日，夜受风露，则草石长青（周华诚 摄）

淀的内聚力，引发人对远古时空的遐想。青花蒲盆，青花满布盆周，是此盆的亮点。虽小，亦端庄文雅，一手可握，可爱可亲，用来植蒲，日久蒲满苔发，古雅之至。瓷盆砂盆，其色皆不可艳俗，以素淡为上。浅瓷盆、紫砂盆皆可用。文螺底磨平穿孔，植蒲亦有趣味。

养菖蒲盆景，不仅要会选盆，还要会为蒲盆选取花石。

沈复《浮生六记·闲情记趣》记：

点缀盆中花石，小景可以入画，大景可以入神。一瓯清茗，神能趋入其中，方可供幽斋之玩。……如石菖蒲结子，用冷米汤同嚼，喷炭上，置阴湿地，能长细菖蒲，随意移养盆碗中，茸茸可爱。

大濛养蒲，还会依据蒲草的情态和所感，在蒲盆上篆刻点滴感言，如：“无华丽之质，无奇巧之形，端朴古厚，平淡素静，养我蒲君。”

3

一盆好的盆景，纳千顷之汪洋，收四时之烂漫，让人不知不觉地置身其中，尘世的烦恼与喧嚣都于此间消逝。

韩愈晚年曾发明过一种颇为独特的盆景：将盆埋在地下，盆中蓄水，并在里面种藕养鱼。通过它，能听雨打荷叶之声，能观鱼儿嬉戏之景，还引来青蛙栖息鸣叫。“老翁真个似童儿，汲水埋盆作小池。一夜青蛙鸣到晓，恰如方口钓鱼时”，真是生趣盎然。

宋代，点缀石头、生满菖蒲的“蒲石盆”，成为文人书房中的宠儿，甚至是他们精神寄托的一种文化符号。宋理学家张九成有一首《盆中石菖蒲》：

清姿水石间，相得不可无。
如人饱道义，其色长敷腴。
不受尘土覆，自与人世殊。
我何爱轩冕，冒昧名利涂。
圣人恶洁身，名士多自污。
理亦顾其可，未应如此拘。
往往不知者，假此为穿窬。
吾方存胸中，未敢执一隅。
姑从吾所好，谁能复改图。
不若归去来，无愧石上蒲。

盆景是自然美和艺术美的结合，不仅粗略地具备自然形状，且集中了人工山水之精气神，正是“室有山林趣，胸无尘俗虑”。

室有山林趣，胸无尘俗虑（周华诚 摄）

菖蒲与花艺

元人张雨有一首散曲《双调 · 水仙子》：

归来重整旧生涯，潇洒柴桑处士家。草庵儿不用高和大，会清标岂在繁华？纸糊窗，柏木榻。挂一幅单条画，供一枝得意花。自烧香童子煎茶。

纸糊窗，柏木榻，单条画，得意花，四种潇洒的意象将作者清闲的生活神韵毕呈纸上。从朴素的插花艺事中，可以感受到他们的悠然自得。

1

古人将插花、挂画、品茶、焚香并称为“生活四艺”。

曾在众多的插花艺事图中，见过一幅元代端午插花图《天中佳景》，花材是端午应景的菖蒲、艾草、石榴花、蜀葵花、海棠果。瓶中花材间悬有中国结香囊，配以果盘及画符，颇有东方神秘的民间风格。瓶器的圆形台座上雕刻有莲花纹饰，纹质细腻，衬托出瓶器的圆润匀称，精致考究。圆盘下的方形镂空低脚架台座，材质高贵，刻工精湛，更显典雅端庄。最特别的是，在众多鲜丽花材中，菖蒲叶绝然伸展，在瓶中尽展高洁风姿。其无意与斗艳的群芳为伍，寥寥两枝，与丰富的花材和果盘形成对比，使整幅插花图充满了张力。菖蒲插于瓶内，寄托着插花者傲世独立、悠长飘逸的心灵意绪，于细微处见出宏大，于清浅中见出绵邈深广的世态万象。

2

明代李流芳的容像画中，菖蒲和灵芝插于通透的四方白瓷瓶中，既是自然野趣，又寓吉祥长寿，海棠盘上摆的佛手散发着清香。先生身旁的几案上，湘妃竹笔管、端砚、线装书、梅瓶，还有打香篆的用具，都彰显着主人的雅兴。就连旁边的书童也在弹古琴。菖蒲历来是高洁人格和求道登仙的象征，由此可窥见画中人李流苏的仙风道骨。

一草一木总关情。互相掩映而妙趣万端的花草枝叶，千姿百态而意味深长的各式花瓶，成为文人雅士玩赏的“幽栖逸事”。菖蒲继承了屈子以来香草美人的比兴传统，已成为文人志趣的一

清·郎世宁《午瑞图》(故宫博物院藏)

个不可或缺的组成部分，将生活里的艺术展现到极致。

3

清代郎世宁也画过一幅《午瑞图》。这是一幅近似于欧洲静物画的作品，青瓷瓶内插着蒲草叶、石榴花和蜀葵花，托盘里盛有李子和樱桃，几个粽子散落一旁。

风雅插花是心灵与自然的契合，看起来是短暂的艺术，但四季如何在瓶中流转、时光怎样在草木间消逝，都在这个过程中一一体现了。人们在折花插瓶的过程中，收获的不仅是生活的乐趣，更是自然活泼的本心。这本心，是随心所欲，更是心无挂碍。

“从心所欲不逾矩”，是谓自由的人生。

几上玲珑石，青蒲细细生

读林语堂《生活的艺术》一书，说古代的中国人很有他们自己的情趣。从漂亮的古书装帧、精美的信笺、古老的瓷器、写意的绘画和一切未受现代影响的古玩中，都可以看到这些情趣的痕迹。

相传东晋文学家陶潜宅边的菊丛中，有一块他心爱的石头。每当喝醉酒，陶潜就会躺在石头上酣睡一场，于是给它取名为“醉石”。

北宋书法家米芾更是一名十足的“石痴”，见石感动跪拜，与其称兄道弟。

中国艺术家可谓无石不欢。赏石就是观己，历代文人赏蒲藏石，不单是雅兴，更是对“道”的追求。八大山人《题竹石孤鸟图》上有一首诗：

朝来暑气清，疏雨过檐楹。

径竹倚斜处，山禽一两声。
闲情聊自适，幽事与谁评？
几上玲珑石，青蒲细细生。

玲珑石，青蒲草，好比是永恒岁月和短暂生命之对话，两者搭配在一起，丘壑纵横，芳草萋萋。玲珑石是昆石的别称，因昆石的多孔、小巧玲珑而得名。植菖蒲，前人首选昆石。

几上玲珑石，青蒲细细生（蒲友供图）

昆石

陆游《菖蒲》诗中“雁山菖蒲昆山石”句中的昆山石，产于江苏昆山玉峰山，洁白如雪，玲珑剔透。诗人将昆石与菖蒲合养于盆中，是因为菖蒲喜好在含水的石缝中生长，而昆石的皱褶孔穴，非常适合蓄水和菖蒲根须的蔓延。

明代高濂《遵生八笺》记：

种之昆石，水浮石中，欲其苗之苍翠蕃衍，非岁月不可。往见友人家有蒲石一圆，盛以水底，其大盈尺，俨若青璧。其背乃先时拳石种蒲，日就生意，根窠蟠结，密若罗织，石竟不露，又无延蔓，真国初物也。后为腥手摩弄，缺其一面，令人怅然。

明文震亨《长物志》记：

昆山石出昆山马鞍山下，生于山中，掘之乃得；以白色者为贵。有鸡骨片、胡桃块二种，然亦尚俗，非雅物也。间有高七八尺者，置之大石盆中，亦可。此山皆火石，火气暖，故栽菖蒲等物于上，最茂。

昆石之洁白玲珑，蒲草之碧绿劲健，对比分明，十分养眼，

昆石之洁白玲珑，蒲草之碧绿劲健，对比分明，十分养眼（周华诚 摄）

所以昆石和菖蒲成了绝配。这也是明清以来昆石供置的一种主要形式。

武康石

武康石，又名花石，其质地极为坚硬，不易磨损，颜色深赭，表面有许多细小的蜂窝眼，状似朽木。

《群芳谱》言：

武康石浮松，极易取眼，最好扎根，一栽便活（郭学雷供图）

武康石浮松，极易取眼，最好扎根，一栽便活。然此等石甚贱，不足为奇品。

羊肚石

《群芳谱》又言：

羊肚石为次，其性最咸，往往不能过冬。新得者枯渴，亦须浸养期年，使其咸渴尽解，然后种之，庶可久耳。

羊肚石其实是一种浮石，属于火山岩，由喷发的岩浆快速凝固而成。石全身布满奇形怪状的孔洞，很像泡沫砖碎块，俗名羊肚石。

说起羊肚石上植菖蒲，史上还有一则妙联故事。张岱少慧，其《快园道古》有记：

羊肚石全身布满奇形怪状的孔洞，很像泡沫砖碎块（蒲友供图）

季祖廷尉公面麻奇丑，眼眶臃肿，痘瘢层沓，短髭戟张，见者失笑。陶庵七八岁时，廷尉喜置之膝上，捋其髭。廷尉曰："儿善属对，为我作须对。"陶庵曰："大人美目深藏，桃核缝中寻芥子；劲髭直出，羊肚石上种菖蒲。"廷尉抚掌大笑。

植蒲所选之石，须得孔隙多，一则便于其汲蓄水分，二则有利于蒲根生长蔓延。羊肚石多孔，故以之植菖蒲也是习见的。

菖蒲的远意

初夏的房间刚刚打扫过，有清透的凉意。门前一张芭茅编的帘子，幽幽垂下。午后阳光穿过门边的隔帘，斜落到墙角边的旧席上。席子上，细长的绿菖蒲叶子，在光线中曳曳伸展。

女子穿一身刚浆洗过的和服，拖着高齿木屐，咯吱咯吱地朝房中走来。五月五，女子屋顶挂菖蒲。

这是《日本风俗图绘》里的一幕场景，仿佛多年前散发出的菖蒲芳香，透过古老的画卷，仍在我的周围转悠着重现。

《枕草子》记：

节日，莫有胜过五月五日者。菖蒲和艾草纷纷散放香气，扑鼻愉悦。上自九重城阙之内，下至庶民的住屋，家家户户无不悬挂，景观最是不同寻常，好玩得很。……直到傍晚时分，子规啼鸣而过，这节日真是充满了有趣之事。

细长的绿菖蒲叶子，在光线中曳曳伸展（蒲友供图）

1

日本的端午节，可以说是以菖蒲为标志的节日了。人们沐浴时会把菖蒲的剑叶放在热水中，叫“菖蒲汤”；在房檐上插上菖蒲，叫“菖蒲葺”；孩子们把菖蒲编成菖蒲棒，在地面上打着玩，叫“菖蒲打”。王公贵族们，还会在书信往来中，夹入菖蒲草。《枕草子》有记：

看那些用紫色纸包裹着栴檀之花的啦，青色纸包着菖蒲叶而细细打着结的啦，又将白纸卷着菖蒲的根等，都挺有意思。有人把长长的菖蒲根部装在信函里，真亏他们想得妙！至于那些收到信的女子们，想回人家信，好朋友亲密地互相出示来函商量啦什么的，那光景平时不易见到，也别有一种风流多趣的氛围。

日本年轻的宫女们，则喜爱用菖蒲装饰梳子，又在唐衣以及外套之上佩挂菖蒲的长茎或好看的应景植物，用紫色或彩色混染的丝线系着。

凡此种种，虽不值得刻意书写，究竟是可赏之事。

2

菖蒲还可以做成药玉或香囊，是将麝香、沉香等装入锦袋，缀上五色丝绒，再饰以纸花、橘花、菖蒲、蓬草等。可挂在竹帘或柱子上，以驱病邪。

在日本宫廷中，每逢端午，就将菖蒲用轿子抬来献上，以香包赐下。菖蒲的香气，幽然飘散在晕染开来的夕暮里，带着一股清凉。歌者士大夫们，佩戴着香囊，木屐踏出舒缓有致的节奏，让这一天都变得风情十足。

3

在我的记忆中，每逢五月初五，江南人家都会在门前悬菖蒲、艾叶，以驱邪求瑞。梁实秋曾写："今日何日？我家老妈子曰：今天是五月节，大门上应该插一些艾草菖蒲，点缀点缀。"

菖蒲色似翡翠，深沉油亮，秀劲，而不失飘逸气，叶子散发着一种清香味。端午这天，将采摘好的蒲草剪成两半，似两把细长的剑，悬于门窗上，而邪虫不易进屋。又吃雄黄酒，把雄黄放在老酒里，浓浓的，各人呷一口，还用指头蘸了在小孩额头上写个"王"字。这样，心中也就有了象征吉瑞的抚慰。

菖蒲色似翡翠，深沉油亮，秀劲，而不失飘逸气（蒲友供图）

在我心中，老式家庭的亲和力，很大程度上也与这些古老的风俗有关。风俗承载着人们对传统生活方式最独特的记忆，保留着一个民族常绿的童心。

儿时的夏夜，奶奶在我房间门前悬挂一棵蒲草。这样的事情，到现在还能时时想起。

奇峰清漪，翠叶蒙茸

古人将农历四月十四定为菖蒲的生日。《陶朱公书》记有：“四月十四，菖蒲生日，修剪根叶，积梅水以滋养之，则青翠易生，尤堪清目。”而农历五月被称为蒲月。

明王象晋《群芳谱》记有“养石上蒲法”：

芒种时种以拳石，奇峰清漪，翠叶蒙茸，亦几案间雅玩也。石须上水者为良。根宜蓄水，而叶不宜近水。以木板刻穴架置宽水瓮中，停阴所，则叶向上。若室内即向见明处长，当更移转置之。

养蒲之法大概有以下几种。

一为附石法。

此为植蒲古法，宋人尚之。多把石菖蒲种植于奇石的洞穴或低凹处，让根扎入石缝中或附着于山石上。《永乐大典》云：“菖

奇峰清漪，翠叶蒙茸（蒲友供图）

蒲，初种在圆石之上，一再移于好石之上，乃细而不粗。”

二为砂中栽植法。

择卵石、瓦屑，堆蒲根，水养。

《群芳谱》中对明代用砂作基质栽植石菖蒲的方法有如下记载：

夏初取横云山砂土，拣去大块，以淘净粗者先盛半盆，取

择卵石、瓦屑，堆蒲根，水养（郭学雷供图）

去泄水，细者盖面，与盆口相平。大窠一可分十，小窠一可分二三。取圆满而差大者作主，余则视盆大小旋绕明植。……经雨后其根大露，以砂再壅之。只须置阴处，朝夕微微洒水，自然荣茂，不必盛水养之。

清代时瓦屑也成为盆养石菖蒲的基质之一。《花镜》中对此法记载道:“在夏初以竹剪修净，取细沙或瓦屑密种，深水蓄之，勿令见日。”

可见，砂中栽植法主要用于石菖蒲的盆中分株繁殖。瓦屑保水、透气性良好，又含有一定的对植物生长有益的营养成分，因而，瓦屑是盆养石菖蒲的一种比较理想的栽培基质。

三为种炭法。

《花镜》载:“至梅雨时用米饭同子嚼碎，喷于火炭上，则子自然生。”

此为籽种之法也，沈复《浮生六记·闲情记趣》中记有:

种水仙无灵璧石，余尝以炭之有石意者代之。黄芽菜心其白如玉，取大小五七枝，用沙土植长方盆内，以炭代石，黑白分明，颇有意思。以此类推，幽趣无穷，难以枚举。

四为水培法。

栽植时将菖蒲固定于带洞的木板上，然后把根部浸入水中，便可以进行水培。

五为综合法。

除了上述各法外，明代以后还采用了两种或多种基质配合使用的方法，在此名为综合法，如明王象晋《群芳谱》言：“种以清泉洁石，壅以积年沟中瓦末，则叶细。”书中还记载有养菖蒲的口诀：“春迟出，春分出室，且莫见雨。夏不惜，可剪三次。秋水深，以天落水养之。冬藏密，十月后以缸合密。”其中的“夏不惜，可剪三次”是指剪其叶，前人植蒲以短以细以密为美，一则在控肥，二则在剪叶了。

蒲叶要用竹剪来剪。因为兰蕙、菖蒲等怕金属器具，而竹剪是用一片竹片制成，两头削成薄刃，中间修细，经火搣弯而成，十分温和。

郑逸梅文集中提到古人张听蕉培植菖蒲很有经验，著有《论菖蒲十则》，其中有论及修剪菖蒲的方法：“菖蒲剪在春夏之交，剪时须净，不留杪上分毫，手段要猛，用竹剪将杪梢剪尽，闷足则茁芽方细。”

辑四

旧时蒲草

我持此石归，袖中有东海。
垂慈老人眼，俯仰了大块。
置之盆盎中，日与山海对。
明年菖蒲根，连络不可解。

——苏东坡

吴昌硕《梅花蒲石图》(图源:《中国书画名家画语图解·吴昌硕》中国人民大学出版社2003年版)

苏东坡与菖蒲

林语堂曾在《读书的艺术》中说过这样的话:“世上常有古今异代相距千百年的学者,因思想和感觉的相同,竟会在书页上会面时完全融洽和谐,如面对着自己的肖像一般。”林语堂称这种现象为“灵魂的转世”。

他曾推演说,苏东坡乃是庄周或陶渊明转世,兼具蟒蛇的智慧和鸽子的温柔敦厚。

1

苏东坡是个全才,又是个奇才。他琴棋书画,诗词歌赋,医理酿酒,烹饪美食,盖房建屋,炼丹养生,为政治水等都无所不通,而且对每一学科都有深入研究,都是专家。直至今日,他的诗词书画还广为人们喜爱。

他也喜爱菖蒲。

东坡二十九岁时,在山中第一次遇见一棵野生石菖蒲,突然如他乡遇故知，为之着迷，欣喜地称赞菖蒲为“千岁灵物”，为其捡石头蓄清水。在窗明几净的书房里，与之一起写小楷，读《尔雅》；又像一位天真的孩童，兴致勃勃地把弄几案，发明有趣的附石法，并作诗云：

自我来关辅，南山得再游。
山中亦何有，草木媚深幽。
菖蒲人不识，生此乱石沟。
山高霜雪苦，苗叶不得抽。
下有千岁根，蹙缩如蟠虬。
长为鬼神守，德薄安敢偷。

幸福的人，总是能从微小的事物中汲取到快乐，每一天都不拒绝自然的馈赠。

2

卢之颐《本草乘雅半偈》中记有：菖蒲因生于“昌美溪浦之间，故名菖蒲”。它的生长不依靠植物赖以生存的土壤，卓然自立于幽谷溪畔之上，身怀奇质却不为人所用，俨然出尘之姿，深得东坡的喜爱。

菖蒲卓然自立于幽谷溪畔，身怀奇质却不为人所用，俨然出尘之姿

（云琴 摄）

元丰八年（1085），东坡贬官遇赦，前往登州途中，看到蓬莱阁丹崖山旁的许多弹子涡石时，如获至宝，欣喜万分，第一个想到的就是拿回去养菖蒲。

弹子涡为海浪侵蚀所致，时有碎裂，淘洗岁久，皆圆熟可爱，东坡开心地作诗赠与垂慈堂老人：

……

我持此石归，袖中有东海。

垂慈老人眼，俯仰了大块。

置之盆盎中，日与山海对。

明年菖蒲根，连络不可解。

每天对着来自山间的菖蒲，来自大海的弹子涡石，似与山海相对，此中乐趣，不足为外人道也。

东坡植蒲，以水培、附石为主。其在《石菖蒲赞并叙》中记载："凡草木之生石上者，必须微土附其根……惟石菖蒲并石取之，濯去泥土，渍以清水，置盆中可数十年不枯。"

宋代文人养蒲，一度成为风气。东坡曾热心地写文告诉大家，清水养蒲时，要丢进几颗文石，这样菖蒲才能扎根在石上，叶子才能变得坚瘦，整株也就更有青翠苍然之意，这就是他的

“附石法”。这样的一盆石菖蒲置于案头，仿佛将山水间的幽静和草野之气都引到了眼前。

3

一棵普通的草，也可赋予它以灵气，苏轼对菖蒲的感情，可谓深重又绵长。据记载，东坡在贬官黄州期间，曾在慈湖山中取菖蒲数丛，用石盆养之。后由于要出差，陆路羁旅，不便照看，便将珍爱的几盆石菖蒲寄养在友人九江道士家中。离去之时，万般不舍，还告诉九江道士，日后路经此地时，定要来探看菖蒲是否安好。想九江道士得东坡居士探望还要沾菖蒲的光，也真是“人不如蒲”了。

东坡一生，为菖蒲写了三十多首诗。他被贬谪常州时，在常州禅院送给禅师的一首蒲诗，盎然有趣：

碧玉碗盛红玛瑙，井华水养石菖蒲。
也知法供无穷尽，试问禅师得饱无。

这样善于发现与制造日常之乐，大抵是这位旷古奇才乐天派最可爱的一面。在他眼里，一事一物皆有情有趣。他曾被流放到荒无人烟的海南岛，彼地潮湿，雾重，气闷，粮食不继，但苏东坡并不以此为苦，反而自得其美，独出心裁发明了“食阳光止饥”的方法。

在黄州临皋亭，苏轼曾写有一首《临皋闲题》，语调近乎诙谐：

临皋亭下不数十步，便是大江，其半是峨眉雪水，吾饮食沐浴皆取焉，何必归乡哉！江山风月，本无常主，闲者便是主人。闻范子丰新第园池，与此孰胜？所不如者，上无两税及助役钱耳！

闲心是清风明月，可遇而不可求。这种贴近生活的态度，也正契合了中国人的心灵。东坡反对一味忙忙碌碌和不知人生为何物的生活方式，而是酷爱直觉、悟性、想象力，追求闲适的生活。

4

中国人的一种生活智慧，也在于将日子过成趣味十足的“审美生活”，快乐雅致，又有滋有味。

东坡一生被贬官数次，但每到一处都能发现新的乐趣。其《在儋耳书》曾记：

闲心是清风明月，可遇而不可求（蒲友供图）

吾始至南海，环视天水无际，凄然伤之，曰："何时得出此岛也？"已而思之，天地在积水中，九州在大瀛海中，中国在少海中，有生孰不在岛者？覆盆水于地，芥浮于水，蚁附于芥，茫然不知所济。少焉，水涸，蚁即径去，见其类出涕曰："几不复与子相见。"岂知俯仰之间，有方轨八达之路乎？念此，可以一笑。

小蚁岂知瞬间竟得全哉？思及此事甚妙。

东坡对于人生的宽容，真是到了一种天真的地步。忧患来临，一笑置之。载歌载舞，深得其乐。

绍圣元年（1094）九月，苏东坡贬官惠州。一边是长途艰辛的跋涉，一边是政治上的失意，这时候的苏轼，已经过了知天命之年。他在广州的蒲涧寺中，再次遇见菖蒲。恍惚之间，仿佛几十年的岁月退去了，他观濂泉，访蒲涧，挥笔写下《广州蒲涧寺》：

不用山僧导我前，自寻云外出山泉。
千章古木临无地，百尺飞涛泻漏天。
昔日菖蒲方士宅，后来薝卜祖师禅。
而今只有花含笑，笑道秦皇欲学仙。

东坡一生的经历，就像是眼前蒲草本性的自然流露，风吹雨打，清香如故。

“吾上可陪玉皇大帝，下可陪卑田院乞儿。眼前见天下无一个不好人。”所以苏东坡过得快乐，对酒当歌，把茶闲话，像一阵清风度过了一生。

只因他有一颗蒲草一样的天真淳朴和自由的心灵。

金农与菖蒲

《百年孤独》的第一页有一个细节，在表演了磁铁的魔力后，神秘的吉卜赛人对老布恩迪亚讲：“任何东西都有生命，一切在于如何唤起它们的灵性。”

作家董桥曾在《妮香记》中提及一幅百年前的菖蒲图。一个古老的圆形素盆中长满茂盛的蒲草，在稚拙纯朴的线条里，似乎也隐藏着一种古老东方诗意的神秘灵性，等待着被唤醒。

这幅蒲草画的作者——金冬心，“扬州八怪”之首，一生都与蒲草相伴相守。其所绘菖蒲图，笔调古拙，迥异流俗。他在画中用繁密细实的笔触勾出菖蒲的短、细、小等特点，并题诗云：“石女嫁得蒲家郎，朝朝饮水还休粮。曾享尧年千万寿，一生丝发无秋霜。”小字古拙错落，平淡中寓奇趣。

画家粥庵曾说，金农题款，天下第一，看似民谚，朴素高深。抚摸这画卷的一角，仿佛那些沉睡的菖蒲生命，穿越百年的时空而来，在光线微明之中奇迹般地闪现。

金农《菖蒲图》一（图源：《扬州画派书画全集·金农》，天津人民出版社1996年版）

1

菖蒲是有生命的。

金农先生爱菖蒲到痴迷，人尽皆知。他植蒲、画蒲、养蒲，将蒲草看作他生命的一部分，曾以“九节菖蒲馆”为自己的书斋命名，并在每年的四月十四为菖蒲庆祝生日，“修剪根叶，积梅水以滋养”。晚年还戏作菖蒲诗云：“此生不爱结新婚，乱发蓬头老瓦盆。莫道无人充供养，眼前香草是儿孙。”观其一生，其形迹，其性情，其嗜好，其诗文，其书画，奇古可爱，无一不具蒲味。

金农先生五十多岁才开始画画，涉笔即古，脱尽时风，恐怕与养蒲草时细微的关怀与敏感分不开。人说一幅好的画作，需要有情感的注入、技法的提炼，只有找到内心与外界的契合点，才能在画笔间呈现出情感的跃动和生命的智慧。对金农先生而言，他的每一盆菖蒲，无一例外，都占据着他的爱和情感。与之静坐对话，仿佛进入一个时空隧道，与千年前的智者对话，与神秘的永恒之声遥遥呼应。在莽莽苍苍的宇宙中，尽管独行独语，却拥有四面八方，身内身外。

金农笔下的菖蒲，一长一大片，莽莽苍苍，密密匝匝，错落有致的感觉让人仿佛置身画中。站在他的画前，常常觉得其画不可捉摸，不知他是从何下手的，“知画而法不备”，却又每每令人着迷。就像是世上的一种美人，五官眉眼分开看都不惊人，但放在一起却是天下大美，浑然一体，无可拆分。

这便是金农的好，也便是他的怪。

2

“西泠八家”之一陈曼生说：“冬心先生以诗画名一世，皆于古人规模意象之外，别出一奇，胜情高致，超超元著。殆所谓逸品者。”他的菖蒲画中的趣味，是将当下的鲜活糅入过去的幽深之中。通过古今交融，重新审视人的生命的价值。一个原本孤立的精神世界，通过一幅画，覆盖了成千上万个人的心灵，这是中国文人艺术最为浪漫的地方。

道元禅师曾云：“闻竹声而悟道，赏桃花以明心。”仅以点滴之水，咫尺之树，表现江山万里的景象，瞬息呈现千变万化之佳兴。一棵看似不起眼的蒲草，成为金农艺术生涯中一个不灭的符号，也让人有了一种永世相依之感。

金农的学生罗聘受他的影响，也画过一幅《菖蒲拳石图》，菖蒲一枝，浓墨数叶，疏疏几笔，即有劲挺潇洒之姿。其下拳石横卧，淡淡落墨，玲珑秀润，与菖蒲适成对比。高低错落，浓淡枯湿，简朴而多韵。

赏文人之画，当于疏简处观其境界，于无画处观其意韵。

就像听高人抚琴，明其断续婉转之理，方知余音绕梁，无声胜有声之妙。故曰：白非白，空不空，方是善画、知画者。

3

金农曾自号“稽留山民”。他在诗中常提到“心出家庵”与“稽留山”。据考证，“稽留山”在杭州天竺山，唐尧时许由居留于此，名许由峰，后讹为“稽留山”，中天竺寺在此也。

艺术所关注的，不应该只是瞬间发生的事，更应是流动的世界表相背后的东西。金农将这样的人生体悟，转向为对大自然空灵动荡、深沉幽眇的物象的思考，进而在艺术创作中追求永恒，追求不朽的力量。

金农的一生饱经人世沧桑，但是不失赤子之心。他年轻时的诗风清峭峻拔，老来则醇厚酣畅，时时独出机杼。他的绘画给人高古奇逸、朴拙之感，又单纯有趣。金农一自画像中有一句“书看北齐字，画爱江南山”，他的绘画中的确有股江南山水一样的生气，这也是其自我人格的写照。

在金农先生身上，既有着浪漫诗人的情怀、不修边幅的书画家风度，也有着无拘无束的野逸文人气质。曾在书中见到他的画像：一个飘然长须的长者坐在黝黑奇崛的石头上，身着布衣，侧身而坐，神态笃定，浓密的长髯，细细的发辫，矍烁的双目，

金农《菖蒲图》二（图源：《扬州画派书画全集·金农》，天津人民出版社1996年版）

神情专注地辨别着一块书板上的古文奇字，真实传神地描绘出金农本人奇倔执拗的性格特征。

这样一位顽固可爱的怪才，在传统中国“立德立功立言”的评价体系中是处于边缘的，但他“内外不住，来去自由”的创作态度、生活态度，以超然出尘的心境观察世间万物的艺术精神追求，却穿越百年，深深感染着一代一代的人。菖蒲“忍苦寒，安淡泊，侣清泉，伍白石”的形象，又为他的生命提供了广阔的表达空间。正如朱良志教授在《金农的不谢之花》中所说：“时世在变，我以不变之心应之；时世混乱，我以宁静待之。我独得静缘，我是一个局外人，旁观人，一个看透岁月风华的人。透过迷离的世相，寻觅世界的真实。”

菖蒲于冬心先生，是布衣终身的自喻，是老来所依的子孙，是尘世飘零的知己，是荆棘旅途的仙灵。人本赤条条来去无牵挂，为何只专注对荣华的追求，而放弃对内心的关照？在一盆菖蒲的绿意中，他获得的是对一颗心灵永恒旷远的抚慰。

胡公寿与菖蒲

1

“荷钿小小半溪香，水凉风搅一池荷。”

打开胡公寿的《香满蒲塘图》，有一丝微香、一点潮湿，在空气中飘荡，朦朦胧胧。几笔蒲草迎风曼舞，勾连有致，清新而绮丽，让人觉得梦思幽幽，夏天的气息扑面而来。

菰蒲幽幽的绿，于清圆的水面，直入云霄，风致天然，慨然发放幽冷芳香，斜出一片如盖的荷叶，叶似泼墨，湿润润地变幻。荷花穿插顾盼，一朵含苞欲放，还有一朵系着丝带与裙裳，如佳人亭亭玉立于碧水之上。随风摇曳，迷蒙的倩影淡淡妩媚。

这样的意境落在纸上，有种流动的美，仿佛隔了时间和地域，还可以感受到蒲塘里夏日荷花蓊郁繁茂的香气，蛰伏在纸张间，缥缈肆意又含蓄温柔。

2

胡公寿，是清末海派画家群的代表人物。其爱蒲，亦爱石。

胡公寿《香满蒲塘图》
（上海博物馆藏）

画有玉石之湿润，纵横之间无燥气和俗气，清凉闲适，笔墨自然蕴藉，浑朴有味。

一幅《灵石菖蒲图》，画得率真，兴到笔随，随意顿挫。巨石以大笔铺写，用侧笔勾皴，起落顿挫，质感坚凝，融入了斧劈、解索、乱云皴等多种技法，行笔无棱角，酣畅淋漓。石上大、小孔数处，通透灵秀，伴蒲草数丛，似清风披拂。左下角一盆蒲草，蒲叶根根直立，墨绿点点。

以石之刚，映现蒲草之柔。静坐闲玩，仿佛山色皆来相就。

王羲之在《兰亭集序》中说："仰观宇宙之大，俯察品类之盛。所以游目骋怀，足以极视听之娱，信可乐也。"不仅仅是大宇宙，最微小的事物中也蕴藏着美的踪迹。

汪曾祺先生在《岁朝清供》中写过一段——

曾见刘旦宅画"广州春节花市所见"，画的是一个少妇的背影，背兜里背着一个娃娃，右手抱一大束各种颜色的花，左手拈花一朵，微微回头逗弄娃娃。少妇着白上衣、银灰色长裤，身材很苗条。穿浅黄色拖鞋。轻轻两笔，勾出小巧的脚跟。很美。这幅画最动人之处，正在脚跟两笔。

胡公寿的《灵石菖蒲图》，最引人怀想的也是画幅最后勾勒的几笔蒲草，叶子细细碎碎，使巨石显得柔软，整幅画仿佛有了一种内在的节奏。

一百多年，时光如幻，在一棵最微小的蒲草里捕捉到神韵，恍然之间，就有了与自然承接的美感。

3

胡公寿与近代上海画坛许多著名画家的关系都在师友之间。

胡公寿的好友张大千，在《荷塘野趣》里也画菖蒲。大块面墨色的荷叶与纤瘦的荷梗穿插交叉，参差呼应，更以清丽之笔挥出数根长蒲草，使画面此起彼落，层次分明。

说到张大千，倒有一件趣闻轶事。一次他出国与毕加索会晤，看到毕加索仿画的中国画，便直言不讳道：“先生所习的中国画，笔力沉静而有拙趣，然不会使用毛笔，墨色浓淡难分。”

对于中国画笔墨运用的基本技法，张大千曾如是说：

中国毛笔与西方毛笔完全不同。它刚柔并济，含水量丰，曲折如意，善使用者，运墨而五色具。墨之五色，乃焦，浓，重，淡，清。中国画，黑白一分，自现阴阳明暗；干湿具备，就显苍翠秀润；浓淡明辨，凹凸远近，高低上下，历历皆入人眼。

这一番运笔用墨的道理，于毕加索是闻所未闻，当他看到张大千用毛笔亲手写下三个大字后，忽然激动起来：“我最不懂的是，你们中国人为什么跑到巴黎来学艺术！……在这个世界谈艺术，第一是你们中国人有艺术。其次为日本，日本的艺术又源自你们中国。第三是非洲人有艺术。除此之外，白种人根本没艺术，不懂艺术！”

毕加索指着张大千的画和字说：“中国画真神奇。看那画里水中的鱼，没一点色，一根线画水，却使人看到了江河，嗅到了水的清香。真是了不起的奇迹。……有些画看上去一无所有，却包含着一切。连中国的字，都是艺术。”

最后他感伤地说：“中国的兰花墨竹，是我永远不能画的。”

4

胡公寿虽然画名卓著，收入丰厚，但他“盖视身外物澹如，世人亦不甚识其高节也”(施蛰存语)。与晚辈画家之间的师友关系，更使他成为海派画坛中的一个关键人物。

胡公寿与任伯年的关系非同一般。初到上海的伯年，画不为人所重，处境甚艰，是胡公寿慧眼识英才，多方扶持，为其开拓售画之路。

在艺术上，任伯年也受到了胡公寿的影响。他的山水画，从山石的皴擦、横笔点苔，到房屋、树木的画法，都与胡公寿如出一辙。他画的一幅《萱草牵牛图》，菖蒲一丛数茎，白花绿叶纵横交错，底下斜伸出去的竹架上，从菖蒲草里爬出一根蜿蜒的牵牛藤。一朵深青色的牵牛花，压在画面左下角底部，另外两朵则隐在画面中心的菖蒲花之后。这样工笔勾勒彩绘的《萱草牵牛图》，集画工与文气于一体，堪称精品，其实也是在无形之中融合了胡氏的画法。

清·任伯年《萱草牵牛图》(中国美术馆藏)

看大濛的《蒲草》一书，发现胡公寿不仅画蒲，亦在紫砂器上刻蒲。胡公寿刻的蒲草，文气秀劲不失飘逸之气，盆似石瓢，得之古味，刻法通神，形神兼得，像他的画一样，有一种不断蕃息的美的生命力。

朱屺瞻与菖蒲

住所要舒适自在，虽说浮生如逆旅，也不妨有盎然的意趣。

陶潜《归去来兮辞》道：“倚南窗以寄傲，审容膝之易安。”又云：“夏月虚闲，高卧北窗之下，清风飒至，自谓羲皇上人。”有窗可以凭眺，就是再简陋的房子也可以住得舒心。窗前再养些菖蒲盆景，清风徐来，绿叶扶疏，真是小屋子也成极乐世界了。

1

书画名家朱屺瞻有一间“养菖蒲室”，窗台上摆满了各式精致的小花盆，栽种着各种菖蒲。

此间小小的“养菖蒲室”，虽小亦乐趣无穷：书案面窗而立，了无纤尘。左以干净瓦缶，植蒲草数盆，青翠可爱；右以大瓷盆，陈鲜果于其中，静中若有芬芳。案上置木版书一函，水墨颜料一盘，竹刻笔筒一，端砚一，画卷一，墙角置石案，前面有水缸。风起时，墙上绿影随风动；雨落时，缸中滴滴答答，水纹中隐见窗台上一盆蒲。动静皆宜，算是精巧。

梁实秋《雅舍小品》写“我不论住在哪里，只要住得稍久，对那房子便产生感情”，“‘雅舍’之陈设，只当得简朴二字，但洒扫拂拭，不使有纤尘”，“‘雅舍’所有，毫无新奇，但一物一事之安排布置，俱不从俗”。

住在养菖蒲室，一几，一椅，一榻。酣睡写读，均有着落，亦不复他求。

2

每年菖蒲生日，朱老先生会拿一把竹剪给“养菖蒲室”里的蒲草修剪一番。那菖蒲小小一团，碧青如洗。曾见朱先生的一张旧照，在夕阳掩映下的蒲室里，先生静坐窗前，戴一副老花镜，专心地为蒲草修剪枯叶，眉目间满是关爱之意。菖蒲的绿意环抱他的晚年，像童年编织的摇篮。

菖蒲也是先生绘画作品中的常见题材，时常与枇杷、梅花、兰花等果实或花卉一起呈现。先生最早的画蒲作品则是在一九六一年春节作的《蒲石图》，画中下方长方形盆内筑有一石，边上是菖蒲数丛。画上题道：

老子心无事，随芳学化工。满园红与白，多在墨痕中。石田老人题画句，借题之。一九六一年辛丑春节过客无多，在案头捡得此纸，即写盆卉二种，闲居虽暇，不敢自逸也。朱屺瞻春节试笔。

这幅画一见便知是率性为之，放浪而不失分寸，许多地方固执得可爱。美术史家俞剑华先生论及朱屺瞻先生时曾说："朱老温文尔雅，发而为画乃雄壮豪放如此，实出人意外。"

3

朱屺瞻先生画画，喜欢在花卉枝叶的空隙间点上几滴极淡的"色水"。他用色，不强调色彩的装饰性与象征性，而是以强烈丰富而又微妙的色调来传达自己真实细腻的感受，使画面呈现似有若无的淡调。像他的一幅《岁朝清供》，两盆菖蒲皆以淡墨写意，纷披疏散，得其大意，与一角的瓜果色彩对比强烈。他说："施色有大道，就像作乐一样，最须求个全面的协调，整体的和谐统一。修养的苦功夫最须放在'协调感'上。至于繁简浓淡之间，都可由个人下笔自主，不宜拘谨自缚。……色可淡而不可灰，灰则无生气。可厚而不可腻，腻则无神韵。"

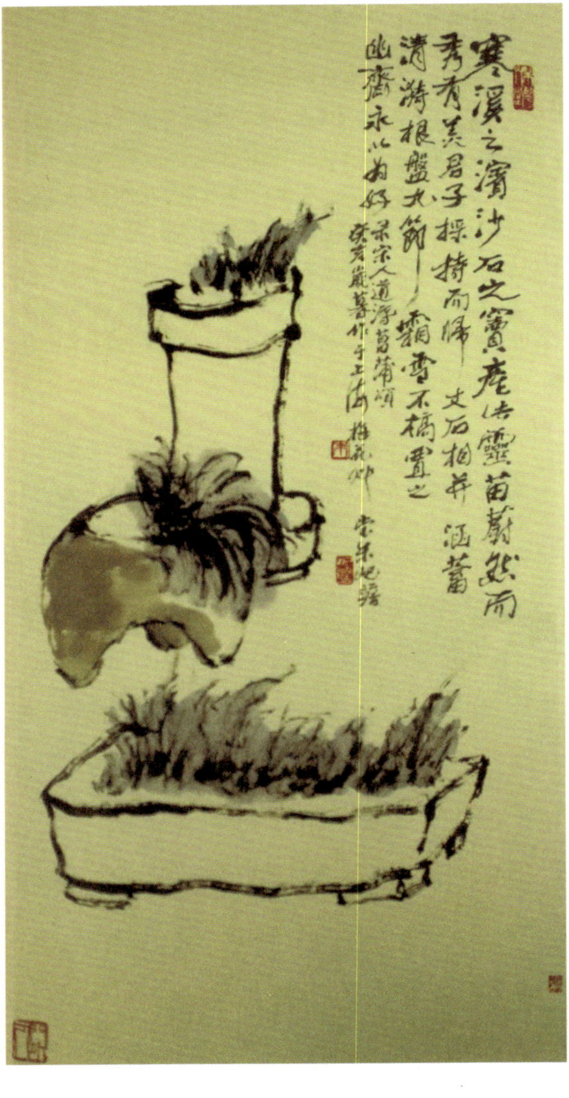

朱屺瞻《菖蒲》(图源:《中国书画名家画语图解·朱屺瞻》，中国人民大学出版社2003年版)

4

一九八三年的一幅《菖蒲》，更是朱先生爱蒲、养蒲、画蒲的代表作。画面上有三盆形态各异的菖蒲，这三个盆的位置是精心安排的，有分有合，错落有致，上下二盆，朱先生只用老辣的墨线就勾出了立体的花盆，中间一盆在勾线后略施墨赭色，菖蒲用生拙老辣的笔触画出，然后再施以淡花青，使菖蒲的清气、文气、雅气和静气都跃然纸上。一幅好画，韵是一种能动的气势，有了韵才能有深远无穷之味。

5

朱屺瞻先生在《癖斯居画谭》中曾提到："数笔写意者，贵不在其简。贵在简之外，写出无限的宇宙物情，人间事态。"他笔下的菖蒲，简到不能再简，以近乎抽象的笔调绘出，却又幻出无尽的变化；使观者在简洁鲜明中，感受着宇宙的无穷和不可知。

晚年的朱先生，呈现在黑白色的老照片中，看上去一脸清旷；清旷之外，是历经世事后的洗练和奇古放逸的疏野。就像他的画，干干净净落在纸上，不喧不哗，有大风大浪后的安静，和老庄式超然物外的洞察。

菖蒲陪伴朱先生走过漫长的一生。百岁高龄的时候，朱屺

朱屺瞻《菖蒲性孤洁》(图源:《中国历代画家佳作品鉴·朱屹瞻》，浙江摄影出版社2017年版)

瞻老人最后画了一幅《菖蒲性孤洁》。画角题款识:“菖蒲性孤洁，不受秽污尘。”这幅菖蒲图色彩极淡，而画面骨力坚劲，浑厚悠然，大气十足，是他晚年隐居的性情流露。

最让人难忘的是他曾在书桌前抄录的北宋道潜先生的《菖蒲颂》:

寒溪之滨，沙石之窦。产此灵苗，蔚然而秀。有美君子，采持而归。文石相并，涵蓄清漪。根盘九节，霜雪不槁。置之幽斋，永以为好。

齐白石与菖蒲

1

在画店看到一幅扇叶，老裱工，老镜框，淡绿的扇面一角，一丛菖蒲斜出，几片绿叶扶衬着起舞的蝴蝶。“舞蝶迷香径，翩翩逐晚风。”清奇如天风过耳。石下水草连波，石上蝴蝶翩飞，蝶翅上闪闪烁烁的宝蓝色真是好看，而用墨浓淡相宜，清幽之气尽洒纸面。似觉暗香浮动，有空灵润泽之感。

看白石老人画的这幅《菖蒲蝴蝶》，想象恰如生了一对翅膀。想北宋皇帝宋徽宗赵佶曾出题考试天下的画家，命题是：“踏花归去马蹄香。”香怎么画得出来？大家都束手。唯一名画师很聪明，画了一个人骑着马，两只蝴蝶绕着马蹄飞舞。

清方扶南有一首《滕王阁》诗：

阁外青山阁下江，阁中无主自开窗。

春风欲拓滕王帖，蝴蝶入帘飞一双。

齐白石《菖蒲蝴蝶》(图源:《齐白石画集》，天津人民出版社2003年版)

阁外青山，阁下江水。阁中无人，窗户却自行打开了。春风吹来，拍打着滕王帖，蝴蝶双双飞了进来。

可见好诗和好画都须有弦外之音，言外之意。白石老人画中的菖蒲，看似孤零零的，立在画面中，却若山间石出清泉，爽雅自得。茎叶平缓柔顺，仿佛可以听到溪水流过的淙淙之声。菖蒲与蝴蝶，笔不到而意连，线不写而韵生，一淡一浓，对比之下别有情趣。而蝴蝶欲飞、菖蒲花欲开之态，实引人遐想。

2

白石老人自己也说，画画要在似与不似之间。正如明汤显祖所言:“自然灵气，恍惚而来，不思而至，怪怪奇奇，莫可名状，非物寻常得以合之。”又要顾盼生情，如老翁携幼孙，痛痒相关，互相映带，才能姿势横生，气韵生动。

曾见一张白石老人的旧照，光着膀子坐在竹榻上摇扇子，普通的葵扇，细看，用布圆了边，如他的画一样质朴本色。看他的照片，常有一种很亲切的感觉，仿佛时空的界限被打破了，可以和他的时代、他的性情一同呼吸。

老舍先生曾经请白石老人画四幅屏条，有一条是清代诗人查慎行的一句诗:“蛙声十里出山泉。”如何用图像表现蛙声从十里外的山泉中出来呢？白石老人只在画幅两侧用浓墨画了直立的石

齐白石《蛙声十里出山泉》
（图源：《齐白石画集》，浙江人民美术出版社1994年版）

头，用淡墨画了一道弯弯曲曲的山泉，再在泉水下边，画了七八只摆尾游动的蝌蚪。

“此处无声胜有声”，画上虽没有青蛙，而观众却有如闻蛙声之感。而这蛙声也非即时可“听”见的，而是数周后才可以听到。有蝌蚪的地方，就有青蛙，青蛙在哪里呢？也许就在泉水的尽头。这也正是白石老人作画的妙处，留白，以及不确定性，给人留下想象的空间。

一人若到相当年龄，风雨飘摇后犹存赤子之心，方寸间诗意盎然，也是活得有情有趣了。白石老人作画就是这般天真地捕捉细节。他与徐悲鸿合作的《菖蒲虾趣图》细致工妙，无人能出其右。蒲草的生气，鱼虾的悠游，色彩用那么淡，人静静相对，像读一卷明清笔记，可以闻到自然清香。

3

白石老人半辈子布衣蔬食，种松养鹤。他六十三岁题画白菜时写道：“余有友人尝谓曰：‘吾欲画菜，苦不得君所画之似，何也?’余曰：‘通身无蔬笋之气，但苦于欲似余，何能到?’”可见白石老人自有一身“蔬笋气”，方能画出平凡蔬菜的不凡神态。

民国初期，曾有一行画家去请白石老人画鸽子，以响应保卫世界和平的号召。老人坐在那里，静静地听客人讲话，他的身后案上那两盆天竺葵开得正好，一盆是正红，一盆是淡粉，案子上那两只帽筒，照例是一只里边插着鸡毛掸子，一只里边放着一卷裁好的宣纸。老人忽然竖起一个手指头问："为什么要我画鸽子？"不等客人回答，老人马上就笑起来，说："鸽子不打架。"

这既是童心，亦是本色。

到了须发皆白的晚年，白石老人依旧难忘菖蒲。

晚年一幅《儿时钓虾图》，上题诗道："五十年前作小娃，棉花为饵钓芦虾。今朝画此头全白，记得菖蒲是此花。"并有小注："余少时尝以棉花为饵钓大虾，虾足钳其饵，钓丝起，虾随钓丝起出水，钳尤不解。只顾一食，忘其登岸矣！"

人生如寄，将对人生的种种领悟寄托在一棵棵蒲草上，刹那的念头，穿越时间和地域，留与后人品味与把玩，有没有诗意？

吴昌硕与菖蒲

1

吴昌硕画过一幅《菖蒲园蔬图》，将一盆蒲草和几棵白菜作为画面主体，蒲草淡疏，以淡晕染出轮廓，白菜以浓墨画出，画面左上角部分留白，以突出质感。情感的变化以墨色的浓淡来体现，画面整体清新而生动。款识：

花猪肉瘦每登盘，自笑酸寒不耐餐。可惜芜园残雪里，一畦肥菜野风干。 老衲看云江上归，眼高生铁似能窥。邺侯老去无知己，煨得蹲鸱饷阿谁。 光绪己亥十有一月，题竟添写菖蒲，自视颇似玉几翁。昌硕。

画中的青菖蒲、白菜帮，如同缶庐老人吴昌硕一生的清清白白。“花猪肉瘦每登盘，自笑酸寒不耐餐。”这也是他一生清苦与安贫乐道的写照。

吴昌硕《枇杷菖蒲》(图源:《中国历代画家佳作品鉴·吴昌硕》,浙江摄影出版社2016年版)

2

吴昌硕画菖蒲，乱头粗服不求形似，粗看如一团乱麻，却气韵非凡。王家诚在《吴昌硕传》中记：缶翁画画是最打扰不得的时刻，一旦酝酿成熟，画兴勃发无法遏制的时候，就会跑到画桌前，悬腕中锋，凝神静气，一气呵成。

曾见过吴昌硕先生的一幅《岁朝清供》图，上画兰花、水仙、佛手、石榴、柿子、白菜等花卉蔬果。画面色彩丰富，堪称吴昌硕此类题材画之最者，所画白菜、菖蒲等物，皆气行于形内，风韵不凡。菖蒲之淡泊与花卉之浓烈对比分明，形成饱满的视觉效果。

缶翁画画时的画桌是特制的，要比一般的桌子高出几寸。这样不仅用笔自如，更重要的是眼睛可以照顾到全局，即所谓“奔放处离不开法度，精微处照顾到气魄”。这样不仅画得快，笔下也可以看出微妙的节奏。他静心凝神伏在书桌上画画的那一刻，仿佛可以抓住过去与未来都断开的瞬间，而置身于时间之外。这种对转瞬即逝的美感的敏感捕捉，实在精妙。

3

吴昌硕的生活境况一直不太好。晚景凄凉，令人叹息。

他在《缶庐别存》中说：“闭门守岁，呵冻作画自娱。……

吴昌硕《岁朝清供》（图源：《中国历代画家佳作品鉴·吴昌硕》，浙江摄影出版社2016年版）

予穷居海上，一官如虱……读书短檠，我家长物也，此是缶庐中冷淡生活。”一直到七十几岁，他的画作中仍多菖蒲梅菊之属，少有富贵牡丹，以物喻志，寄托遐思。

吴昌硕七十二岁时画了一幅《题菖蒲清供图》，款识：

叶叶菖蒲孕古春，荧荧灯影迎清贫。缶庐风雪寒如此，着个吟诗缶道人。乙卯初冬七十二叟老缶。

菖蒲陪伴缶庐老人走过了最后一段落寞的岁月，于茕茕孑立中找到了精神的寄托。1934年，缶庐老人逝世后的第六年冬天，吴昌硕灵柩由其门人和朋友迁葬于浙江余杭县超山报慈寺西侧山麓，墓地坐落于宋梅亭畔。

墓门石柱上刻有沈淇泉所撰联语：

其人为金石名家，沉酣到三代鼎彝，两京碑碣；

此地傍玉潜故宅，环抱有几重山色，十里梅花。

辑五

斯是蒲人

王大濛：与一片草默然相对，是我最幸福的时光。

范笑我：一盆草，是代表了社会风尚和变化的一朵小浪花。

张笑荣：兰花需由人来养，而菖蒲是养人。

郭学雷：当下蒲草热其实是对古代文人的文心回望。

沈清宇：菖蒲，有着仙草般的外表，骨子里却是凌厉桀骜。

云　琴：每个寻求内心安静的人，都会喜欢蒲草。

采　菊：蒲草能让你的心回归平静、自在和欢喜。

（周华诚 摄）

王大濛：与草相对，日长如年

王大濛其人

大濛人称“江南草圣”，并非怀素狂书之“草”，乃是蒲草之“草”。买过他的蒲草书，网上观过他的蒲草展，也知道他造有蒲园一座，仰慕已久。一次专程前往无锡，寻去蒲园拜访，于“一拳石斋”煮茶论道，赏蒲聊天，甚是欢喜。

王大濛的蒲园，其实是一座私家园林，也是大濛位于无锡太湖附近的小院。其处山石林立，竹影婆娑，花草隐约，面积虽然不大，却是移步换景，果然是中国传统文人的意趣。

大濛爱上蒲草，大约在十年之前。当时并没有多少人玩这个东西，无锡古玩市场偶尔会有人拿了去卖，却无人问津。彼时，他就开始接触菖蒲，收集菖蒲，甚至自己去山野采集、种植，从此一发而不可收。而今蒲园之内，约有二三百盆蒲草，姿态万千，高低错落，每一盆，每一株，都可令人细细品赏，流连不已。

为了安置蒲草，大濛特别搭建了一间斜顶玻璃房，从地上

王大濛，江苏无锡人，江南大学设计学院副教授，硕士生导师。现已退休。已出版专著《文人壶》《镌刻》《蒲草》等，其国画与壶刻艺术以及对菖蒲文化的研究，在国内颇具影响。人送雅号“江南草圣”

（周华诚 摄）

到几案上，再到凳上或竹架上，层层叠叠摆放着菖蒲。大濛植蒲品种繁多，有虎须菖蒲、金钱蒲、石菖蒲、金边菖蒲、银边菖蒲、日本菖蒲等。大者辅以假山灵石，草石穿插，如一座园林；小者仅可盈掌，精致可爱，亦堪为把玩。

一块石头便是一座山，一丛蒲草便是一片林。王大濛植蒲，独创以中国传统绘画美学中的平远法、深远法、高远法，兼以雕塑造型美学辅之，以增加其形态意境之美。此外，他还亲手制作了一批紫砂盆，用以植菖蒲，在其空白处题字镌刻，盆草相映，古意顿生。

大濛种菖蒲，多采用明代的附石法种植。所谓附石，即它不光是种在盆里，而且是附着在石头上。要会从石头上打洞、引水、选择角度，让菖蒲与石头浑然一体，菖蒲的根从洞中汲饮水分，时间久了，一派苍翠。大濛说，石与蒲是大自然的载体，让人有一种“卧游”之感，即便躺在家中，看到它，心中也有畅游自然的感觉。

他所选用的石材，包括太湖石、英石、昆石、灵璧石，还有戈壁石、瓦片等。所选水盆也极其考究，爱历经时光抚摸的老石盆，也爱古雅沉静的紫砂盆。他亦会借助手边的旧物，按照蒲草的外形长势，将其改造成与蒲草搭配和谐的蒲草盆。他擅长动手，刻金石紫砂，掏砖瓦石盆，样样专精，无一不能。菖蒲盆的材质或陶或砂，或石或瓷；形制则有方有圆，有六角形，有海棠

欲其苗之苍翠蕃衍，非岁月不可（蒲友供图）

形；石则或壁立如岳，或偃卧如虎，形态迥异，各有千秋；石上盆上，常有他的刻字，更添几分清雅。

一丛菖蒲，在大濛手中，成为自然与人文艺术的载体，体现着中国的绘画艺术、造型艺术、书法艺术、镌刻艺术。蒲草或植于盆，或附于石，自然成了中国传统文人心中的那一道山水。

明代文人高濂在《遵生八笺》中云："菖蒲……欲其苗之苍翠蕃衍，非岁月不可。"大濛先生常常不修边幅，率意天真，每天早上起床后，第一件事就是去院子里看草，一点小变化，亦能带给他小喜悦，这是一种渗透到生活的缝隙里的欢喜。更多时候，他就在蒲园中刻盆、琢石，一待就是半天，时光就在与草的默然相对中流走。

而大濛认为，这样的时光是最可珍惜的。

日月流转，风花雪月，春夏秋冬，把时间凝固在物之中。世上有很多看似不值钱的东西，但正是它们带给你快乐，你的人生也因此得到滋养。这才是无价之宝。

对话王大濛

作者：您的菖蒲有哪些品类？

王大濛：明代《遵生八笺》把菖蒲分为六种：金钱、牛顶、台蒲、剑脊、虎须、香苗。凡盆种作清供者多用金钱、虎须、香苗三种。我的菖蒲有些是自己到野外、山里面、小溪边去寻找来的，整个过程非常有乐趣。此外我还有四五个品种的日本菖蒲。日本菖蒲最大的特点就是矮小，最小的是直径差不多一公分的“极姬”菖蒲，然后再大一点的有“天鹅绒”。

作者：您现在的生活状态怎么样？跟蒲草是什么样的关系？

王大濛：我现在的生活状态，正如蒲草，宁静、闲适、散淡。与一片草默然相对，是我最幸福的时光。我现在退休了，但我不想浪费自己的晚年。以前要上班，很无奈。比如写论文，一定要按要求的形式来写，一定要在什么杂志上发，我真是没有兴趣。现在好了，我自己玩。其实是与大自然玩。这种玩里，生发

与一片草默然相对，是我最幸福的时光（周华诚 摄）

出来的思想，是有意思的。玩物可以养志。跟谁玩？我是跟古人玩。生活即艺术，艺术即生活。其实江南的文人，一直是坚持生活化的艺术的。古代一流的文人，都是隐居的。进了门，门一关，就是一片山林。艺术创作是为什么？最终还是要落到生活上来，要做生活的艺术家。我的生活，正是受了蒲草的滋养。

作者：在您看来，菖蒲主要有哪些品性特征？

王大濛：菖蒲是性灵之物，简洁有出尘之致，其俊秀卓然的气韵正合文人宁静致远的秉性。苏东坡总结菖蒲的特性为忍寒苦，安淡泊，伍清泉，侣白石。这四点正是菖蒲精神的总纲——

菖蒲是性灵之物，简洁有出尘之致（周华诚 摄）

菖蒲长于深山远溪，酷寒之天百草凋敝，唯菖蒲碧绿，这是“忍寒苦”；菖蒲隐居隔世之山，无人看它，它也不需要别人去看，但依然长得那么精神，傲然挺拔，是为“安淡泊”；菖蒲与清泉为伍，有污染的地方它生长不出来，所以它所有的状态都是干干净净的，是为“伍清泉”；菖蒲以白石为朋友，白石上没有土，但它的根就扎在白石之上，所谓“不资寸土”，是为“侣白石”。

作者：文人常说蒲香雅致，您觉得菖蒲之香有何特别之处?

王大濛：菖蒲的香气与众不同，带着生拙的味道，雅致深沉，绝非表面的“香”，这符合中国文人对于香气的美学追求。

作者：您对种菖蒲有些什么建议?

王大濛：一、关于目的。首先要爱好，是真心喜欢。否则不会付出真心，也坚持不了。做任何事情，都是要真喜欢，你才会用心去做，而不是敷衍。

二、关于水分。(菖蒲)其实很好养，只要不离开水；即使叶子黄掉了，只要剪掉就可以重新长出新叶来。它不像兰花那样娇贵，兰花叶子烂了基本上根也烂了，救不活了，但菖蒲不会。

三、关于空气。要空气流通，但不是直接吹风，吹到风的话，水分一下就蒸发了。

四、关于光照。叫“有光无照”，尽量不要让太阳光直射，稍微有点散光就可以，特别是夏天，避免直射，这样才不至于脱水。在阳台上的话，可以种一点竹子等带叶子、相对不是太茂密也不是过于稀疏的植物，遮挡、分散光照，或者放北阳台，宁可没有光照也要避免直射。

五、关于病害。要注意虫子、霉菌、传染病等病害。

菖蒲的香气与众不同，带着生拙的味道（周华诚 摄）

六、关于过冬。冬天相对容易过，只要准备（一个）泡沫盒子，把菖蒲放里面，上面盖上透明塑料薄膜或者玻璃，留出一点空隙就可以，然后放在玻璃窗后面，保持一定的光线，这样保暖又保湿，就能安全过冬了。

七、关于过夏。夏天温度高，空气干燥，容易脱水，所以种阳台的话，最好是铺设或者垫城砖，或者砖下面再铺设沙子，水分不容易流失。

（本文由周华诚帮助采访）

范笑我：书痴蒲友，悠然忘我

范笑我其人

知道范笑我先生，是因其主持的秀州书局。许多年前，秀州书局就名闻遐迩。该书局原是嘉兴市图书馆于1994年开设的书店，冰心给书局题名，范笑我担任局长。自开张起，范笑我每20天出一期《秀州书局简讯》，广为流布。

范笑我的日常工作，便是埋头书间。他以“搬书匠”自居，真是名副其实。他的办公室犹如书堆，层层叠叠，他用书墙将自己围起来，仅留一条走路的缝隙，侧身方能通过。如此藏身书间，简直如痴如醉。有时从书中抬起头来，走到窗前，便去侍弄一下窗台上的两盆菖蒲，那是他在与书相对的间隙，最好的调剂。

两盆菖蒲就养在窗台上，可以承接天上的雨露。那菖蒲长得茂盛，想来便是得了天地之灵气、日月之精华。亦有朋友笑说，这菖蒲也是得了书之雅气，方才长得如此茂盛，茸茸可爱。

范笑我，1962年生，嘉兴人，图书馆搬书匠，光阴记录者。著有《笑我贩书》（四编）、《我来晴好》等（简儿供图）

范笑我称自己其实算不上“蒲人”，只算得上是嘉兴种菖蒲的一个推手。有一年的菖蒲生日他提出办菖蒲会，还建议博物馆举办馆藏菖蒲作品展；文朋书友常与他交流菖蒲的信息与资料；不知不觉，使得嘉兴的菖蒲种植日渐兴盛起来。

对话范笑我

作者：范老师，您是从什么时候开始种蒲草的？现在有多少盆，都是些什么品种？

范笑我：大概是上世纪90年代开始的吧。有三盆，都是虎须。因为我属老虎，自己的须嘛。

作者：您是怎么对蒲草发生兴趣的？

范笑我：开始是从书里、画里看来的。清代的曹溶，有一册《倦圃莳植记》，专门有“菖蒲”一篇，写到“菖蒲九节，神仙所珍”云云。还有吴藕汀老人的画。吴老画了菖蒲，特地让他儿子送给我。我和吴老是忘年交，也可以说是亦师亦友的关系。

作者：我知道您是一个文人，在您看来，您的生活与蒲草有什么样的联系？

范笑我：其实我算不上蒲人，只是对菖蒲的信息、资料感

吴藕汀《菖蒲水仙》

兴趣，同时也关注当下人的心态、朋友式的养菖蒲的生活。所以严格来说，我是一个菖蒲旁观者。不过对嘉兴的菖蒲（种植）我算得上是一个推手。菖蒲与我的生活实际也没有太大联系，只是种几盆菖蒲，看看画和文字罢了。我的菖蒲，都是朋友送的。菖蒲是友谊的象征。我养的菖蒲，一盆是吴藕汀老人送的，另两盆也是朋友送的。菖蒲如友人。

作者：您养蒲草，有什么特别的诀窍或心得吗？

范笑我：没有诀窍。其实养菖蒲，你不能太看重它，也不

菖蒲是友谊的象征，菖蒲如友人（简儿供图）

能太不看重它。要注意一个分寸，该浇水时适当浇点水，该修剪时适当修剪，但都不宜太过。

作者：您养蒲草，就放在露天的环境吗？

范笑我：就种在窗台上。其实菖蒲没有那么娇贵，特别是我们这里，地域环境适合菖蒲生长，气候温和滋润。把它放在窗台上，就可以承接雨露。

作者：您会追求一些特别的蒲草品种吗？对蒲草热，您有什么看法？

范笑我：不会。我这里是一个菖蒲流动站。比如我养过一盆金钱蒲，上海嘉定有一位朋友过来，喜欢，我就送给他了。朋友相赠的菖蒲，放到我这里，我作了转交。顶多的时候有十几盆。

关于菖蒲热，其实折射了人的心态、追求、金钱（观）。菖蒲也是一个社会的镜子，一下子很热，一下子又冷了，都很正常。

作者：养蒲草给您的生活带来了什么？

范笑我：我觉得很好玩。蒲草在当下的冷热，很好玩，也是观察当下社会的一个参照点。一盆草，不单单是一盆草，是代表了社会风尚和变化的一朵小浪花。有附庸风雅的人喜欢，也有人是真喜欢。我是觉得好玩。

作者：除蒲草之外，您还种养别的植物吗?

范笑我：没有。养植物要伤心的。我喜欢植物，又舍不得伤心。丰一吟（丰子恺之女）喜欢猫，她说她不养猫，因为她养的猫死掉，那太难受。养菖蒲也是，总之，会伤心。一盆菖蒲死了，要特别为它记上一笔。什么时候来的，什么时候走的，并且连同养的盆，都要好好记上一笔。

作者：在你身边，蒲草爱好者这个群体大不大? 大致都是些什么人?

范笑我：大。至少可以报出二十种人：律师、打拳的、收藏古董的、写字画画的、公务员、向往风雅的……都有。

(本文由简儿帮助采访)

张笑荣：古甓『砖家』，莳养菖蒲

张笑荣其人

对传统建筑之残砖废瓦，历代名家就有很多种玩法：做砚台，养水仙，为茶承，做笔筒花插，莳养菖蒲，等等，不胜枚举。书房案头摆上一两方古旧砖砚，古香古色，顿使一室生辉。

在绍兴，古砖收藏家张笑荣先生品鉴古砖，案头处处是菖蒲。作为以汉砖为盆植菖蒲的第一人，这位古砖收藏家，已经走过了将近30年的收藏之路。他不仅收藏了万余品不同纪年之古砖，也养了品种繁多的会稽蒲草。

张笑荣从小就喜欢“古”的东西。儿时，他家隔壁住着秋瑾的侄孙秋仲英，秋仲英喜欢偷偷地给他看些家藏的线装书，讲典故，“对古文化、老东西的喜爱，那种感觉估计因此而来”。张馆长说，博物馆里的这些砖，上起东汉、下迄明清，有的来自古代城墙建筑，有的来自水井井栏等建筑废料，其中或有铭文，或有图案，它们都是历史的载体，值得研究和玩味。

而古砖与菖蒲，将二者结合摆在案头，是赏玩及馈赠的最

张笑荣，会稽人，中国社科院考古与文物鉴定专业硕士研究生，系国家级文物鉴定、评估师，中国当代颇具声望的收藏家、金石家之一。现任绍兴市会稽金石博物馆馆长、会稽甓社社长，广收藏，精赏鉴，敏而希古。著有《古甓新辉》《会稽甓萃》《宋代墓志》等研究专著。作为国内知名的古甓“砖家”，张笑荣对传统古建筑砖瓦、会稽菖蒲有着深入的了解和研究（张笑荣供图）

佳选择。在张老师的书房，就陈列着一盆他亲手植的“绿蓑青笠·古砖附石菖蒲”，古拙有致。此盆景的古砖出自湖州之旧治古建筑墙体的废弃建筑砖，甚珍稀也。砖甓厚重大气，而盆景中的金钱菖蒲已越八年光景，正是“有石奇峭天琢成，有草夭夭冬夏青”。

如袁宏道所言：“人情必有所寄，然后能乐。故有以弈为寄，有以色为寄，有以技为寄，有以文为寄。古之达士，高人一层，只是他情有所寄，不肯浮泛虚度光景。”搞收藏30年，张笑荣说有两大心愿：一是弘扬会稽地区历史文化，让自己的藏品走进公众视野；二是发扬菖蒲文化，让更多的人了解菖蒲。

对话张笑荣

作者：张老师，您好。您养了很多不同种类的菖蒲，您最喜欢的菖蒲品种是什么？

张笑荣：菖蒲品种众多。虎须菖蒲历来为古人称道。年份久远的虎须菖蒲会长出造型别致、气质独特的龙根，古人以九节虎须为最美，奉为灵草一般。“世间自是多凡骨，何处犹寻九节蒲”，可见九节菖蒲之稀有。不管是否恰好九节，老根虎须久经历练，其姿态由清瘦柔弱变得古朴苍劲，有刚柔并济之质。

国内玩菖蒲的人主要以金钱、虎须为主。目前市面上较为常见的是这两个品种，株型细小可爱，郊野气息浓缩于掌心之

有石奇峭天琢成，有草夭夭冬夏青（张笑荣供图）

间。我最喜欢的是黄金姬菖蒲。颜色金黄，铺在地上，让人眼前一亮，像跃动在大地上的小精灵。黄金姬菖蒲来自日本，分布地区也只限于日本，较为稀缺。

作者：您照顾蒲草有什么秘诀和心得吗?

张笑荣：植物就像人一样，有自己的生存之道。菖蒲本来就是小草，表面看似寻常，但要养出精神来，却不容易。撇开天时地利的环境不说，养护人的心思也很重要。蒲草偏居一隅，遇到不适的环境也会停止生长，所以照顾蒲草的时候，我会注意它的细微变化。比如菖蒲根部喜水，但要保持叶面干爽。所以要沿着花盆壁转圈浇水，而不要用喷壶直接喷水。苔藓靠叶子吸收水分，所以要少量多次，放在敞亮而没有阳光直射的位置，保持通风，有新鲜空气流通就好。另外，菖蒲上的青苔又喜欢阳光，所以要灵活处理！

作者：大家都称呼您为“蒲叟”，蒲草已是您生活中的一部分了吧?

张笑荣：对我而言，菖蒲就是生活本身。自从我接触蒲草以后就着了迷，几乎成了专职草农，昼夜侍弄。白天将它作为案边密友，夜里拿到庭院，任凭星光照耀，雨露洗涤。菖蒲气质优雅自在，茎叶平缓柔顺。每每赏看，就像面对山间石出清泉，爽雅自得。置于案间，可得自在山人的气质。

作者：张老师，迄今为止，您已经举办了多场蒲展，能给我们简单介绍一下吗?

张笑荣：是的。2016、2017年我们连续两年，分别在杭州体育场路绿廊、京杭上院、上海南京东路朵云轩，办了四场菖蒲古砖名家题跋作品展，反响热烈！展览中的菖蒲精细小巧，四季皆绿，碧如翡翠，素雅天然，野逸清香。又有西泠印社刘江、鲍贤伦、李刚田、童宴方、顾振乐、刘一闻、宋宝罗、周退密等名家题跋。展览将盆景文化融入日常生活中，将琴棋书画诗酒花的阳春白雪，以最接地气的艺术形式，展现在大家眼前。

2017年10月、11月，又分别在浙江玉环、东阳展出，在东阳的“吴宁蒲秀·古砖菖蒲条案展”中，汇聚了会稽金石博物馆的馆藏古砖珍品500余件，以汉代、魏晋古砖，菖蒲，名家书画拓片等为主。展陈的一个亮点，是展出了永和纪年系列古砖、“一言九鼎”等珍藏主题套砖，同时佐以菖蒲和书画条案进行点缀。古砖与菖蒲相互映衬，似高山流水，又似琴瑟相和，或乱石穿空，又或惊涛拍岸，或吴侬软语，又或王朝更迭，指尖与青石古砖的时空触碰，使观者为之震撼。

菖蒲碧如翡翠，素雅天然，野逸清香（蒲友供图）

作者：您的很多好友一定也是养蒲爱好者吧。比如在蒲君生日的时候，大家会聚到一起给它庆祝吗？

张笑荣：是的。每年农历四月十四，我们会相聚在一起，给蒲草庆祝生日，如同一种仪式。前年我们在杭州的绿廊小院办“蒲甓雅集”菖蒲展，去年又在朵云轩办“蒲甓清芬”菖蒲展。各地的养蒲爱好者云集，比如西泠印社童宴方副社长，八十六岁的“西泠五老”之一林乾良老师，桐庐兰石斋主、我的师兄蓝银坤，上海博物馆刘一闻老师，省书协主席鲍贤伦老师……许多同好赶到现场，一起为蒲草庆祝生日。

他们在展览的现场，或作诗，或补拓，或题画，或挥毫，气氛相当热烈。

作者：2017年2月，您养的菖蒲开花了，您看到的时候，是不是很激动？

张笑荣：菖蒲花难见，“九节菖蒲石上仙”，一寸九节开紫花，自然是最美也最难寻觅的。如今，空气、阳光、水等环境问题日趋严峻，道路拥堵、垃圾围城等城市病日趋突出，菖蒲的生存空间日益狭小，端午悬菖蒲的节俗文化也正在渐渐被人遗忘。我希望年轻人可以多多了解菖蒲，不仅可以传承传统文化，也可以让大家更关注环境问题。

作者：古人植菖蒲，首选昆石。您配蒲喜欢用什么石头呢?

张笑荣：养菖蒲用石砖最好，石砖透气性佳，且易保养。同时我也选用太湖石、英石、昆石、灵璧石，还有戈壁石、瓦片等。太湖石，其状玲珑透空，妙境天成，孔洞蕴含疏风透月之妙韵，为文房清赏之佳品。灵璧石，声音铿锵，不亢不卑，石头经自然界风穿水蚀，苍古厚重，咫尺间却颇有气势。石面褶皱纹理丰富，包浆莹润自然，做成案头摆件，却又气息灵动，为文房中的佳赏之物，搭配菖蒲尤妙。

我为蒲草选的石头，都是朴素飘逸的，贵在色简，以简驭繁。我选的石头，以抽象居多，更加彰显石头的本质，也更能体现我国艺术“以意为象”的精神本质。石头的空灵流动，搭配蒲草的内敛包容，极合文人雅士推崇的中庸之道，也顺应他们平和、散淡的艺术追求和外柔内刚的文人风骨。

作者：您做的菖蒲盆景有什么特色吗?

张笑荣：“得趣不在多，盆池拳石间，烟霞具足。”我设计蒲草盆景的时候，很少用名贵的蒲草品种，用得最多的材料就是各种会稽虎须、金钱菖蒲品种。我会先让它们自己随性生长一段时间，然后再加以适当的人为干预，在最大程度上保持植物的原味。人和草都应该保持生命中最朴素的东西，回归自然的本真状态。蒲草千年情，瓦甓无量寿!

得趣不在多，盆石拳石间，烟霞具足（蒲友供图）

作者：您养菖蒲多年，和蒲草的感情一定非常深厚了。您觉得蒲草是一种怎样的植物呢?

张笑荣：菖蒲的性格是毫无攻击性的，它的淡泊隐逸气质也是文人所崇敬的。蒲不比兰。兰是倔种，一丝的疏忽便冷脸对你，如夏季照顾不周，开春便无花的。而蒲不同，只需有浅浅的水与清凉的风，至于土壤肥厚或是瘠瘦，皆没有关系，让你何时面对都有青翠可见。

蒲有苦香，带着生拙的味道。蒲草折了叶，损了尖，亦能闻到真滋味。有叶而不用待花，花开又不用求果，在极限的困境中亦能生长，不骄不躁，不怨不尤。菖蒲还不喜肥料，四季常青、四季碧绿，吸废气烟尘，养眼明目，不与世争，这便是我爱蒲的因由。

作者：您种的这些菖蒲，很珍贵吧?

张笑荣：菖蒲不需要肥料，只需要清洁的水。用井水、雨水或是隔夜矿泉水都行。养菖蒲与养兰花不同，我的准则是：兰花要贵养，菖蒲要贱养。兰花需由人来养，而菖蒲是养人。这些菖蒲，幼草不贵，几十元一棵，大草就要上到几千了，尤其是种在石头上的大草，更是因为移植困难而名贵。一般大草需要五年以上才能长成，这中间耗的都是时间和心血。

郭学雷：古瓷蒲盆，山水天地

郭学雷其人

张潮《幽梦影》云："能闲世人之所忙者，方能忙世人之所闲。"说的是文人"超然物外，乘物游心"的精神境界。徐渭曾有青藤书屋，两间平房，天井内有一青藤，窗下盆池中又立一石柱，虽简易普通，徐渭却称之为"天池""中流砥柱"。

可见文人对情趣的注重——他们看待自然万物，无不融入了自身的追求与人品、精神等层面的内涵。一花一草，一树一石，均有灵有性。文人钟情于菖蒲，便是典型一例。

从事古陶瓷研究的郭学雷馆长，是全国首位同时获得陶瓷、玉器、铜杂三项国家文物进出境责任鉴定员资格的专家，也是古陶瓷领域的中青年领军人物。其研究的领域涉及钧窑、红绿彩瓷、吉州窑、磁州窑、黑釉瓷、元明青花、广彩、香港大埔碗窑等。

郭老师有雅趣，好玩蒲草、盆景。工作之余的乐趣之一就是莳养菖蒲。蒲虽不言，却蕴藏深意。"忍寒苦，安淡泊，与清

郭学雷，深圳博物馆副馆长，研究馆员，兼任中国古陶瓷学会理事、复旦大学兼职硕士生导师、广东省文物鉴定委员会委员、深圳市博物馆协会会长等。主要从事博物馆管理、古陶瓷研究、展览策划等工作。先后发表论文数十篇。著有《明代磁州窑瓷器》《明瓷聚真：山西民间藏瓷精粹》《禅风与儒韵：宋元时代的吉州窑瓷器》《玄色之美：中国历代黑釉瓷器珍品》《中西交融——彩华堂藏纹章瓷选粹》等（郭学雷供图）

泉白石为伍，不待泥土而生。”苏轼总结的蒲草精神，恰好对应着他的文人性格。

蒲草是甘居于下的植物，像一位隐迹山林的高士。郭老师说，养蒲，贵在闲情，贵在用心。好的菖蒲盆景是蒲草、水石、盆器自然、妥帖的融合，触目之间，宛若天然。若缺少那点创造者的文心独运，是不会成为雅品的。

在郭老师的书桌上就摆着一个他亲手做的蒲石盆。那菖蒲青葱郁然，清香宜人，如郭老师本人，立身简素，谦和待人。日日治学于菖蒲之侧，一种清静纯粹之气，形于他的眉宇神情之间。

对话郭学雷

作者：郭老师，您好。听闻您养菖蒲多年?

郭学雷：是的。我养菖蒲缘起于我对官钧瓷器的研究，现已成为我闲暇之余的一大乐趣。前人有“无菖蒲不文人”的说法。菖蒲在唐以前，被称为灵药仙草、宫苑奇草。菖蒲生花曾被认为是祥瑞之象，菖蒲菹还可飨宴宾客。发展到宋代，菖蒲始为文房清供。从宋人诗词中可获知，菖蒲是当时士人阶层堂中、几砚间的清雅点缀。苏轼、陆游、洪迈、谢枋得等均是与菖蒲结缘的文人名士。一棵小草，可陶情可养气，实为文人之喜。

那菖蒲青葱郁然，清香宜人，如郭老师本人，立身简素，谦和待人（郭学雷供图）

一株小草，可陶情可养气，实为文人之喜（郭学雷供图）

作者：宋人大多是在盆器里莳养菖蒲吗？

郭学雷：盆盎莳养菖蒲，宋时已颇流行。从陆游“海东铜盆面五尺，中贮涧泉涵浅碧”及苏东坡“碧玉碗盛红玛瑙，井华水养石菖蒲”等吟咏菖蒲的诗句可知，宋人流行的是在盆器中以水莳养菖蒲。

作者：那么明人莳养菖蒲又有何特点呢？

郭学雷：宋代水中莳养菖蒲的传统，被明人所继承。早前，台北“故宫博物院”曾举办过一场“文人雅士”特展，展出的一幅明人《十八学士图》里，就有渣斗式蒲盆、仰钟式蒲盆等，盆中都配有上水石，表现的正是明代流行的以水中上水石莳养菖蒲的情形。高濂《遵生八笺》所载明人书房清供——蒲石盆，曰："书斋蒲石之供，夜则可收灯烟，晓取垂露润眼，此为至清具也。"另从朱元璋第十七子朱权撰《臞仙神隐书》载"石菖蒲置一盆于几上，夜间观书则收烟，无害目之患"的内容，同样可知菖蒲在书斋中的保健神效，这可能是文人钟情菖蒲的另一原因。

作者：明代莳养菖蒲的风气是怎么形成的呢？

郭学雷：总的来讲是宋代以来文人莳养菖蒲风气的回归，但首先得益于皇帝的带动。明董斯张《静啸斋存草》收录《画菖蒲是宣庙御笔》一诗，不仅说明宣宗时宫中有莳养菖蒲的风气，而且菖蒲既出宣宗笔端，说明宣德帝对其情之所钟。而《明宪宗御花园赏玩图》的画面中竟有七盆菖蒲，足见成化帝对菖蒲之痴迷。

湖南长沙明吉藩王府花园遗址出土大量明中期与"官钧"蒲盆造型相同的绿釉渣斗花盆、青花仰钟花盆、素三彩带托海棠花盆等。这些蒲盆的发现，说明当时莳养菖蒲之风，已从皇城之内，远播到了各地藩王的府邸花园。这些来自帝王、皇室的示范，对朝野莳养菖蒲之风的带动，及引发的蒲盆需求，也就可想而知了。

其次，得益于官员、文人的推崇。明正统二年（1437）谢环绘《杏园雅集图》，为我们直观呈现出上层官僚莳养菖蒲的真情实景。从画中两蒲盆的陈设可知，菖蒲是当时上层官宦之家庭院清供的重要内容。

故宫藏弘治年间吕纪等绘《竹园寿集图》，图中庭院花台上，置一对“官钧”式样的带托青釉渣斗花盆，盆中菖蒲植于拳石之上，即明代典型的“蒲石盆”。

作者：关于“官钧”瓷器花盆，您能和我们具体聊聊吗？

郭学雷：钧瓷，长期以来一直被误读为宋代“五大名窑”之一。“官钧”更被当作宋代钧瓷的代表，这一在陶瓷史上占重要地位的名窑品种，其生产年代，长久以来被误读。至于“官钧”瓷器生产的历史背景、用途等，人们就知之更少了。

我前不久在复旦大学作过一场“官钧花器与菖蒲文化”的讲座。在这次讲座中，我就是围绕“官钧”花器的历史背景、与蒲草配盆的用途、使用环境等问题展开的。据我的研究，“官钧”瓷器不仅与宋代毫无关系，而且其各式花盆均为莳养菖蒲之盆，是明代菖蒲文化流行背景下的产物。蒲盆既是明人庭院流行的清供，又是几席间的闲逸之品，还是书斋的怡养之具。

蒲盆是几席间的闲逸之品，还是书斋的怡养之具（郭学雷供图）

作者：除了“官钧”之器，蒲草还可以与什么盆器相配呢？

郭学雷：在“官钧”等器之外，紫砂性格沉稳古雅，与蒲草相配绝佳。紫砂所制微盆，来自精选的优质砂土，经过1000~1250摄氏度的高温烧制而成。紫砂盆内外不施釉，既细密坚韧，又具有透气性，尤为适合花草生长；古朴的色泽与多样的造型，可与不同的盆栽花木搭配，极富艺术美感。

清及民国，文人雅士热衷参与紫砂蒲盆的设计，“以坯为纸”，在盆上刻以款识、印章、诗文、绘画等，使蒲盆又平添了几分金石气与书卷气。时人的古老雅趣，流传至当下。自然之外，文人、绿植、花器，在艺术与精神性上更是紧密相联。

作者：您建议一般用什么石头配菖蒲呢？

郭学雷：莳养菖蒲的拳石，首选昆石。昆石出苏州市昆山市马鞍山，此石于深山中掘之乃得，玲珑可爱，可凿成山坡种石菖蒲、花树及小松柏树。

作者：郭老师，您近期还举办过什么与菖蒲有关的活动吗？

郭学雷：就在2018年的5月13日，在第一届“海幢寺文化节”上举办了菖蒲文化讲座及茶道古琴雅集展。在历时三天的文化活动中，海幢寺为大家带来了一场场丰富多彩的文化盛宴。赏菖蒲，听古琴，赏素仁格盆景，赏花品茶，从中洞悉幽人雅致、旷士情怀，目的是让今人更多地了解菖蒲的文化历史及其独特的精神内涵，使作为文人镜照的安淡泊、耐苦寒、伍清泉、友白石的菖蒲精神得以承袭发扬。

作者：您对当下的蒲草热有什么看法呢？

郭学雷：当下蒲草热其实是对古代文人的文心回望，是件好事。但蒲草热背后，也体现了今人对古人莳养菖蒲的“文心”的了解普遍不足。我认为菖蒲之所以成为古代文人托物寓志之物，核心是其作为文人修身镜照的一种精神，这才是菖蒲文化回归的核心价值所在。

沈清宇：方寸之间，蒲草王国

沈清宇其人

有一块你所喜爱的土地……让你也分享农夫和牧人简朴生活的福气……这就是我一向欣羡的好运。

……我喜欢成天与花草树木为伍，能够亲近大地与清泉，并承担一小块土地，为上面的五十棵大树、几座花圃，还有无花果和桃子等果树，善尽照顾的职责。

这是黑塞的最佳自状与宣言。

世界上没有其他任何一种作为，能够如此贴近于诗人创作，那就是承担一小块土地，依据自己的想象，构建出一片生意盎然的大自然。

在福建省亚热带研究所，就有一方这样的自然景观空间。一个200㎡的花室：从地面开始，到架子，再到墙上，角角落落都种满了植物。炮仗藤、紫藤、翠竹、苔藓、国兰，以及十多种菖

沈清宇，福建连城县人，“70后”。1993年毕业于华中农大园林专业，现供职于福建省亚热带研究所，从事园林与园艺工作，并任狮景会华南分会副会长（沈清宇供图）

蒲……上百种植物宛如播在天穹的繁星，挤挤挨挨地洒在了大地上。其中有数百盆蒲草，隐居在这一块空间里，有着不为人知的乐趣。清晨时刻，静静萌动，夕暮时分，悄悄沉睡。四时流转，自然变幻，都在它们身上得到美的展现。

沈先生原本是个不折不扣的“理工男”，但自幼喜读诗书，探究古史，又因专业从事园林，故对大自然的草木怀有深情。他以一掌天地为限，以草木山石为素材，进行造型设计和园艺栽培，将大自然请入居室。

菖蒲，看似其貌不扬，但因其品性淡泊，几百年来深得文人喜爱，被奉为“花草神品”。沈先生每日在工作室悉心照顾蒲草，与宇宙、大自然真实地相交相处。像日本诗人松尾芭蕉的一生，一个布袋，伴一缕风，不论是静寂，还是生动，是喝茶，还是行走，都依内心而定。

2016年5月，沈先生开风气之先，与同人举办了厦门首届菖蒲展——“菖心蒲节”。蒲展第一天，就有近3000名蒲友赶到现场，成为厦门文人雅士一时的盛事。在这届蒲展中展出了20多个菖蒲品种，其中不乏贵船苔、有栖川、黄金姬、天鹅绒、姬正宗、群青、香苗等名贵珍稀品种。它们在展览时，被搭配上奇石、青苔、木座，怡然悦情。

对话沈清宇

作者：沈老师，您好，请问您是怎么对蒲草产生兴趣的？您对蒲草又有怎样的认识呢？

沈清宇：从事园林工作二十年有余，我一直有寻访植物的热情，喜欢气质卓绝的花草。前几年，因为一个学书法的契机，书法老师因我从事园林行业，遂相赠虎须和金钱，我竟惘然不知有此佳草，尔后激起寻觅蒲草的热情。此后便对菖蒲着了迷。菖蒲，有着仙草般的外表，骨子里却是凌厉桀骜。像我喜欢的梅花一样，孤傲可品、凌寒独开，两者都有华夏风骨。元人贯云石的《蒲剑》诗云："三尺青青古太阿，舞风斫碎一川波。长桥有影蛟龙惧，流水无声日夜磨。两岸带烟生杀气，五更弹雨和渔歌。秋来只恐西风恶，销尽锋棱恨转多。"这首诗就很好地传达出了蒲草凛然的剑气。此外还有"鸡犬过霜桥，一路竹叶梅花"对"菰蒲出水面，两行宝剑青钱"，也是关于蒲草的一对佳联。

作者：贯云石这首诗，说的应该不是文人把玩的菖蒲草，而是长在水涧旁的蒲草？

沈清宇：是的。这种菖蒲生于溪涧。江南一带，每逢端午，就会折这种水菖蒲，和艾草捆扎一起，悬挂门上，以求吉瑞。据近代环保研究证明，大面积种植这种菖蒲对水源有净化作用。蒲

贵船苔（蒲友供图）

草是真正“出淤泥而不染，濯清涟而不妖”的水植。在工作室中养的石菖蒲，大多生于石缝间，与水相伴，体型娇小。置一盆在案头，仿如置身名山古刹。

作者：听闻福建南靖是菖蒲大县，很多人在种植菖蒲?

沈清宇：菖蒲苗种植能够在南靖兴起，与当地气候优势有关。菖蒲苗的繁育速度在南靖比江浙地区快了两倍多。当前全县有超过2000人从事菖蒲种植。其中万盆以上的大户就有10余户。市面上80%以上的菖蒲苗来自南靖。同时，当地蒲农还借鉴多年的兰花栽培技术和设施，以草炭土与珍珠岩为主要材料，调配出了适宜菖蒲生长的专用栽培土，摸索出了一套较为成熟的栽培体系。

作者：那您平日里养蒲草有什么心得吗?

沈清宇：我养的都是小型石菖蒲，用附石法莳养菖蒲。我常行走郊野，有捡陋石的习惯，质粗糙者用于植蒲。特喜欢西北的风凌石，奇姿异彩，种上菖蒲，涂抹上混有苔藓孢子的淤泥，用清水泡养在瓷盆中，每天晒晨曦，假以时日，菖蒲、苔藓和其他小草覆盖住了整块石头，青葱欲滴，生机盎然，自有一种嶙峋傲岸之态。养蒲，盆宜小不宜大。盆虽小，所展现的天地却不输给无限自然，在有限的空间变幻出百种蒲草面貌，称得上是一种艺术。形态小巧的“微盆”，造型玲珑别致，更为盆栽整体之美增添内涵。

作者：除了蒲草，品茶也是您生活中的一大喜好吗?

沈清宇：对的。茶和蒲气质相近。一个是南方嘉木，一个是草中芳华，虽草木有别，但殊途同归。茶与蒲悠游林泉，栖止几案，雅室生香。试茶赏蒲，实为一大乐事。菖蒲在茶席中并不出彩，它只是默默作为陪衬，不争不抢，但整个茶席却因它的存在更富生机。

作者：您植物界的朋友中也有很多爱蒲之人吧?

沈清宇：是的。“根下尘泥一点无，性便泉石爱情孤”，菖蒲简单纯粹的生长环境，造就其特有的气质，深受我们的喜爱。去年暮春时节厦门蒲展前，我和梅园朋友至蠡湖拜访有“江南草圣”之称的王大濛老师，探讨了蒲展，并邀其参与厦门蒲展。老先生因为也要在无锡举办“天下第一雅·蒲草——大濛菖蒲艺术展”，时间冲突而无法来厦门蒲展现场。从福州赶来看展的寿山石印纽雕刻名家潘惊石先生，准备拍照时伫立在蒲草前说：“等等，我整理一下衣襟，弹去尘土再照，在菖蒲面前，应该如此。”

有栖川菖蒲（菖蒲研究院供图）

所有爱蒲之人都有一份这样的情怀。

作者：我了解到，您已向植物研究所申报项目，计划对菖蒲进行提取研究?

沈清宇：是的。菖蒲具有药用价值。菖蒲特有的清香能起到安神醒脑的作用，古人将菖蒲入药，价值极高。它的叶子可以提炼出植物精油。

作者：您对未来菖蒲市场的发展怎么看?

沈清宇：未来菖蒲市场将用两条腿走路。原来高端的文玩市场，会继续壮大，而大众市场，将是新的增长点。菖蒲很亲民，对环境适应性强，且比起兰花、多肉，菖蒲的入门级价格并不算太高。加上近年来传统文化的回归，底蕴深厚的菖蒲前景可期。

云琴：蒲草如友，清清凉凉

云琴其人

她叫朱云琴，不过大家都喜欢叫她云琴。毕业于陆军军医大学护理系，曾经是一名白衣天使。从医院出来后，就一直从事销售工作，生活风平浪静。后来喜欢上茶，成为一名茶人。

在学习茶知识的日子里，遇到一些志趣相投的朋友。说到与菖蒲的相遇，也是一次偶然，她去朋友那儿吃饭，看见对方家里种了青草一样的植物。两盆，放在阳台上。其实那时候她并不认识什么虎须、金钱菖蒲，但就是喜欢，捧在手里，看了又看，摸了又摸，爱不释手。朋友拿了一盆摆在茶桌上，顿觉整个茶桌清雅、别致。

这一下，云琴就被这小草迷住了。回到家，大半夜翻找它们的资料、图片……后来，朋友见她真心喜欢，便送了一盆金钱菖蒲给她，盆里配了一块从西藏背回的石头。这是她的第一盆蒲草。从那时开始到现在，云琴种养蒲草差不多有三年了，大大

朱云琴，茶人，居重庆，云舍茶室主人。蒲草如友，茶伴人生，都是简简单单、平凡静美之物（云琴供图）

她把蒲草养在茶室，日日相伴（云琴 摄）

小小有三十几盆，品种也丰富了，金钱、虎须、银边、蝉小川、极姬都有。

云琴在重庆的磁器口找了间门店，取名“云舍茶室”。她把蒲草养在茶室，日日相伴。有客来，专心致志泡一杯好茶汤；无客，就摆弄茶室里的瓷器，修剪蒲草，想想它更适合摆放在什么位置。茶可清心，蒲可养眼，日子平静安好。

对话云琴

作者：云琴你好，经常看到你在朋友圈里晒出自己养的蒲草，真是美极了。想问一下你养蒲草有什么诀窍吗？

云琴：我养蒲草也没有什么特别的诀窍，好像我天生就懂它们。这么多年来，我就没有把它们养没过。在城市里养草木，最需要注意的是水。很多朋友不知道，直接用自来水浇灌，岂知自来水含氯气，除了杀死细菌，也能让我们的花草枯萎。应该把自来水放置几天，让氯气挥发掉再使用。

我经常在朋友圈里晒蒲草，便有了一个“养蒲能人”的美誉，朋友们也偶尔会找我要一些去养，赠送的时候我都是千叮万嘱，生怕给养没了。我曾经也在店里卖过蒲草，后来一朋友发信息来说虎须快死了，我心痛极了，急急匆匆赶去把虎须拿回家，把枯萎的叶拔掉，坏死的部分清理了，用平时储存的水浸泡一会儿。那时还是夏天，我就把它放在茶梅下，让它躲在阴凉处，又很通风，每天早上浇透一次水。大概一星期后，看它慢慢长出了新芽，我的心才踏实了，钱也退还了，生怕朋友再养没了。蒲草自古就是文人书房清供，一抹绿，清清凉凉，无须特别侍弄。人与蒲草，还是需要一种缘分的吧。

作者：你现在养蒲草的地方，除了茶室，是否还有别的空间呢？

云琴：我从小在农村长大，见过寻常的蒲，它们的习性都是相通的，喜欢潮湿、通风、半阴半阳的生长环境。我家住顶楼，有块大阳台，所以我把种植的蒲草和其他花木摆放在阳台上。小区依山而建，空气清新宜人，蒲草就有了一片非常适宜的生长环境，这也给了我自己一处清闲之地。

作者：那你在蒲草上花的心思多吗？对蒲草有没有什么偏好呢？

云琴：闲暇时，我会去市场上淘喜欢的盆。我也知道它们喜欢依石而生，出去玩时，我就捡石头，只要觉得好看就带回家。蒲草因石而更雅，石也因蒲而更有生趣。这个过程是很享受的，心是悠然放空的。

对于蒲草，我没有什么特别的偏好，它们各有各的雅姿，养蒲、赏蒲，久而久之，就有尘心尽洗之感。

作者：你身边养蒲的人多吗？对蒲草热你怎么看？

云琴：现在很多文人墨客都喜养蒲，我虽不是文人，但也在养蒲之列。在重庆，最近两年养蒲的多了。我身边养蒲的都是喜文玩的人，或是开茶室的朋友。以前去花市，都不容易找到蒲草的；今年花市卖蒲草的人多了点，但品种也就两三种。

蒲草热体现了一种精神文化，周围越来越多的人喜欢淡泊宁静，喜欢闲情逸致，也喜欢上了蒲草。所谓心游物外，雅趣自生，在快节奏的城市里，养点蒲、种点花，有时候真的是一种奢侈。

蒲因石而更雅，石也因蒲而更有生趣。（云琴 摄）

作者：你在种蒲草之外，还养别的花吗？

云琴：除了养蒲，我也种了兰草、昙花、睡莲、君子兰、香草、月季。简简单单，平凡而静美。我想每个寻求内心安静的人，都会喜欢蒲草。

（本文由周华诚帮助采访）

采菊，律师。目前在装修乡下的别墅，准备在花园里砌一方鱼池（采菊供图）

采菊：天然之喜，愈见珍惜

采菊其人

从2005年开始，采菊喜欢上了种植菖蒲。她的职业是律师，与菖蒲相对的时间，令她感到心安，亦使时光变得缓慢。

从一开始接触到菖蒲，至今已有菖蒲几十盆，以金钱、虎须为多。说到养菖蒲的心得，她说要耐心，要陪着它。其实菖蒲很好养，只要有清水就能养活，而她的菖蒲多是露天种养，种在比较阴的地方就行。菖蒲不怕冷，怕风。风大容易吹干，那就不好看了。采菊养的菖蒲几乎都是自生自长。

在采菊看来，菖蒲最好看的时间是在万物凋零的冬天，在萧瑟的天地间，一片蓬勃碧绿，显得十分雅致。若是百花盛开之时，菖蒲不过只是一盆野草罢了。

养菖蒲对于采菊来说，并不是学文人的清雅做派，而是发自本心的喜爱。做案子的时候，常常很烦躁。这样的时候，看看菖蒲，剪剪叶子，修修黄叶，心思便澄静了。从前的奇花异草是

菖蒲最好看的时间是在万物凋零的冬天（周华诚 摄）

很少的，古人对草木有珍惜之意。而现在，时常抬头便能与一株小草相对，时间久了，便是一种相互的陪伴，愈加珍惜。

对话采菊

作者：你在侍弄蒲草上，花的时间和精力多吗？享受这个过程吗？

采菊：还蛮多的。我很享受这个过程。我的第一盆菖蒲是生日礼物。一个朋友送了我一盆虎须，养着养着就觉得很有意思。菖蒲是一种很诚实的植物，并且在它身上形成了一种很系统的文化。一种植物，身上蕴藏了这么多文化内容是不容易的，很值得珍惜的。

作者：菖蒲对你的生活和心灵有什么影响？

采菊：做案子的时候，很烦躁，看看菖蒲，心就平静下来。并且养菖蒲会提高一个人的审美能力。比如种在什么盆里，配上什么石头。通过养菖蒲，我对嘉兴的人文脉络有了了解。比如嘉兴从前有个蒲人叫张逸拂，提个菖蒲去喝茶，没钱了，就用菖蒲换一块钱，有钱了再去赎回来。还有一个任小田，去女儿家提着一只猫、一盆菖蒲。如果不种菖蒲，我就不会知道这些事。

作者：你会追求一些新的品种吗?

采菊：会啊。有一阵特别喜欢日本菖蒲，日本菖蒲特别小，很精致，摆在案头特别好看。从几百块到几千块，都会买。菖蒲展上，还有人摆出几万块的菖蒲，十分吓人。

作者：对菖蒲热有何看法?

采菊：对一棵草，有过这样的热情，想来也是一件挺好的事情。人总有很多热情，总要追求一些东西，与其找别的不相干的，不如把热情倾注到一棵植物身上。植物是你永恒的恋人，永远不会背叛你。

作者：能谈谈养菖蒲带给你最大的改变是什么吗?

采菊：一种心态吧。还有一种生活方式，享受慢节奏的时光。对于一个浮躁的人来说，养菖蒲是十分有益处的。它能让你的心回归平静、自在和欢喜。

（本文由周华诚帮助采访）

后记

我最初在山涧中遇到蒲草，便心生喜欢，蒲草仅凭清水与峭石生长，像隐居山林的高士。

我也从山中挖过石菖蒲，放在家中养，养着养着，还开出了淡黄的蒲花，让我欣喜。养蒲草给我带来细枝末节的乐趣，这种乐趣，我将它带至日常生活中，也写进了这本小书里。

像自然界的所有植物一样，蒲草接受时间的洗礼，与宇宙万物相通。这种不被干扰、自由生长的生命过程，是世上最自然且高贵的事情。

我始终认为，现代人为物欲所累是完全没有必要的。像蒲草这样默默无闻、漫不经心地度过一生的处世方式，也是我内心所向往的。

我从蒲草身上，收获了很多乐趣，应该说，宇宙中的每个生命都蕴藏着无限宝藏，一株草中包含各式各样的诠释。与蒲草相处的时光，虽尽是琐事，然皆是兴之所至，有了些感受，便信手记下。

在写作《我有蒲草》这本书时，我寻访了很多热爱菖蒲的人。他们温和善良，为我提供了很多帮助，也因为这个机缘，我们成了好友，诚然，这是书写这本书的最大收获。

或许草就是人本身的映照。

同时，在写作过程中，我也遇到了很多困难。比如菖蒲的品种非常繁多，不同类别的菖蒲有着不一样的习性，且资料比较散乱。此外，对蒲草的内涵，应该如何表达才好呢？为此，我不知在书桌前停滞发呆过多少次。对于蒲草的世界，我还称不上精通，不过算是个喜欢它的孩童，以此身份来书写这本书，难免有些草率。然而我想蒲草会宽容我的，因为我的喜欢。

毫无疑问，本书会有许多问题值得探讨，希望可以得到读者朋友与诸位方家的指正。

我愿意通过不断书写，抵达自己最安静的内心深处，以及一株草的内心深处。

王加婷